Alicia
en el
País de las Maravillas

Alicia
en el
País de las Maravillas

Lewis Carroll

Grupo Editorial Tomo, S. A. de C. V.
Nicolás San Juan 1043
03100 México, D. F.

1a. edición, abril 2002.
2a. edición, octubre 2002.

© *Alice Adventures in Wonderland*
   Lewis Carroll
   Traducción: Roberto Mares

© 2002, Grupo Editorial Tomo, S.A. de C.V.
   Nicolás San Juan 1043, Col. Del Valle
   03100 México, D.F.
   Tels. 5575-6615, 5575-8701 y 5575-0186
   Fax. 5575-6695
   http://www.grupotomo.com.mx
   ISBN: 970-666-495-5
   Miembro de la Cámara Nacional
   de la Industria Editorial No. 2961

Diseño de Portada: Trilce Romero
Supervisor de producción: Leonardo Figueroa

Impreso en México - *Printed in Mexico*

Prefacio a la presente edición

Charles L. Dodgson (1832-1898). Fue un caballero inglés típico de la época victoriana. Su formación va a la par del expansionismo imperialista británico y su muerte coincide con el momento en que la influencia de Inglaterra declinaba para dar lugar a una modernidad menos meticulosa en sus formas, y un poco más abierta a los devaneos de la imaginación, que marcó la pauta de los inicios del siglo XX, cuando ya no estaba presente Dodgson, pero en el que se hubiera sentido muy cómodo, pues a él le sucedió lo que a muchos personajes del siglo XIX al tener que dividir su personalidad en dos grandes áreas: la una estrictamente apegada a la normalidad de la época, marcada por la rigidez de las costumbres y un exagerado apego a la razón; y la otra parte de sí mismo sumergida en un mundo interior, donde todo el espacio se abre a la fantasía.

Charles Lutwidge Dodgson fue un eminente matemático maestro en la Universidad de Oxford, asimismo era diácono de la Iglesia de Inglaterra, aunque se dice que nunca practicó tal oficio. Desarrolló a ultranza su profesión de lógico y matemático, publicando con su propio nombre obras de estricto rigor científico, como *Fórmulas de trigonometría plana* (1861) y *Euclides y sus rivales modernos* (1879).

Su extremo racionalismo, como ya hemos dicho, tenía otra vertiente, que se manifestaba en él mismo y en un ser alternativo a quien Dodgson dio el nombre de *Lewis Carroll*, —verdadero nombre para la posteridad el cual se presenta en cuatro de las principales obras de este autor tan especial: *Alicia en el país de las maravillas*, publicada en 1865, *Alicia a través del espejo* (1872), *La caza del Snark* (1876), y *El juego de la lógica* (1887). No hay duda de que estas obras son las más significativas de la corriente literaria creada por Carroll de la cual fue el único exponente en su tiempo. Su obra *no es* —como mucha gente opina de ella sin haberla leído (o sin haberla comprendido): "cuentos de hadas" ó "historias para niños". La intención de Carroll, y el efecto que produce en el lector profundo, es el de la observación lúcida de otra realidad que parece alternativa u onírica, pero que nos produce un extraño desconcierto, pues nada es meramente el producto de una fantasía descontrolada, sino la secuela de un desarrollo de pensamiento que procede de una estructura perfectamente lógica, pero que al desenvolverse sin el freno y la medida del pensamiento lineal nos conduce al asombro, pues las mismas cosas, observadas con una óptica totalmente desprovista de normatividad racional, nos puede permitir la experiencia maravillosa de verlo todo con objetividad, para interpretarlo de múltiples maneras, y encontrar en ellas un conjunto de significados que no podríamos percibir al observarlas a través del filtro simple y estereotipado de la razón.

Es claro que los relatos son sueños y se presentan como tales; pero la evaluación de los sueños no es manejada como un "sin sentido" o una imaginería descontrolada, cual era la mentalidad victoriana, sino como la construcción de un sentido diferente, propio de una lógica que no echa mano solamente de los valores y postulados de la "forma" correcta de pensar en una sociedad que impone una objetividad apabullante sobre los individuos, sino que también permite la irrupción de una desbordante subjetividad, para jugar con todos los elementos de que dispone la mente para entender la realidad, incluyendo, por supuesto, el material de los sueños, y sobre todo esa metodología fantástica que abre paso a la creatividad.

En el trasfondo de la obra de Carroll está una revaloración del pensamiento onírico y de la lógica infantil, considerada en su tiempo como una simple muestra de inmadurez, que se supera con los años y el aprendizaje de "la manera correcta" de razonar, lo que es el objeto de la lógica formal, que también es ampliamente desarrollada en la obra de Carroll, como podrá darse cuenta el lector en *El juego de la lógica*, la cual ha publicado también Grupo Editorial Tomo. Aún en esta obra, la propuesta de Carroll llega a ser tan amplia que deja todas las puertas y las ventanas del pensamiento abiertas a la paradoja, como una interpretación creativa y lúdica de la realidad, que es la que practican los niños (y para Carroll en especial las niñas), quienes piensan con *todo su ser* y no solamente con el cerebro, lo que les permite establecer una relación sensible con las cosas del mundo y hacer de cada experiencia una fuente de asombro y maravilla.

Roberto Mares

Alicia
en el
País de las Maravillas
(1865)

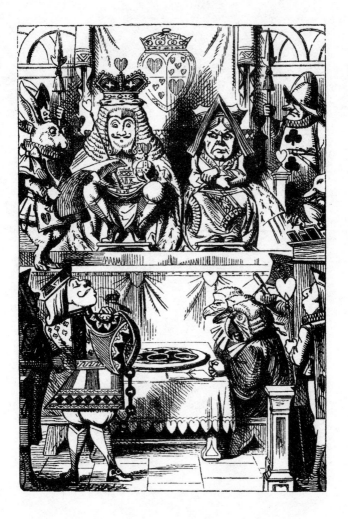

Prólogo

En una dulce tarde de verano de 1862; tres niñas, un profesor de matemáticas y un clérigo pasean por el Támesis, navegando en una pequeña barca. Todo es propicio para el sosiego y la contemplación del paisaje, las niñas, un poco aburridas por el monótono chapoteo de los remos y con ganas de ver más allá de lo que se les presenta ante la vista, le piden al profesor que les cuente algo, que les invente una historia.

El profesor es un hombre serio y de maneras un poco adustas, pero le gustan las niñas y siente un especial afecto por una de ellas: Alicia, por lo que la toma como el personaje central de una serie de anécdotas que se le aparecen espontáneamente en la imaginación y que va contando a las niñas como si fuera un sueño no soñado por él, sino por Alicia. Dicho relato fue avanzando con suavidad y sin prisa, y aquella tarde llena de ensueños se deslizó por la mente de los presentes como la barca sobre las aguas del río.

Ése es el origen de esta historia; la cual más tarde fue escrita y elaborada con más detenimiento, pero nunca perdió su frescura original ni esa peculiar hondura que sólo se logra en esos momentos de amorosa exaltación en los que las imágenes se engarzan unas con otras de una manera que parece mágica, porque la trama resultante no es solamente el producto de la invención consciente, sino de la presencia de un *daimon* generoso, que nos abre las puertas de su propio mundo.

En una tarde dorada
tranquila se desliza nuestra barca;
brazos débiles de niñas impulsan ambos remos,
y es en vano que sus tiernas manos
se esfuerzan por trazar la ruta.

¡Ah, cruel destino! ¡En hora como ésta,
bajo un cielo que parece un sueño,
cuando el aire no mece las hojas,
me piden que les haga un cuento!
¿Cómo podría una voz sola
oponerse a tres lenguas a un tiempo?

La primera, imperiosa, emite el veredicto:
"Empieza ahora mismo".
La segunda, benigna, me pide solamente:
"Qué el cuento no tenga sentido".
La tercera se limita a interrumpirme
por lo menos una vez cada minuto.

Pronto las tres sueñan en silencio,
imaginando las idas y venidas
de una niña que viaja
por un país de extrañas maravillas,
con pájaros y animales tan reales
que ellas jurarían que todo es cierto.

De pronto al narrador
se le agota su fuente de inventiva
y propone suspender la historia
diciendo con fatiga:
"Dejemos para mañana lo que falta."
"¡Ya es mañana!", responden las tres niñas.

Así fue como nació
este País de Maravillas,
y así se forjaron paso a paso
las raras aventuras.
El cuento finalmente se acaba,
y en la penumbra
la feliz tripulación se va remando a casa.

Recibe, Alicia, el cuento,
y déjalo ahí, donde el sueño de la infancia
abraza a la memoria en un lazo de espíritu,
como guirnalda deshojada
que ofreciera un peregrino
que regresa de tierra lejana.

I

El descenso por la madriguera

Alicia ya había comenzado a sentirse disgustada de permanecer tan largo rato junto con su hermana y sin hacer nada; un par de veces se había asomado por encima del hombro de ella para ver lo que estaba leyendo; pero el libro no tenía ilustraciones ni diálogos. "¿De qué sirve un libro —pensaba Alicia— que no tiene ilustraciones ni diálogos?"

El intenso calor la hacía sentirse lerda y somnolienta, por lo que estaba evaluando si el placer de tejer una guirnalda de margaritas le compensaría la molestia de pararse e ir a recoger las flores, cuando súbitamente un conejo blanco que tenía los ojos rosados pasó corriendo con gran velocidad junto a ella.

Nada extraordinario había en todo eso, y también le pareció que no era *nada* extraño el escuchar que el conejo hablara y se dijera a sí mismo: "¡Dios mío, Dios mío! ¡Voy demasiado retrasado!" (tiempo después, pensando en aquello, se sorprendió de que ese hecho no la hubiera maravillado entonces, pero en esos momentos todo le parecía perfectamente natural); sin embargo, al percatarse de que el conejo *sacaba un reloj del bolsillo interno del chaleco* y lo consultaba nerviosamente, de pronto Alicia reaccionó con un sobresalto, pues cayó en la cuenta de que nunca había visto a un conejo con chaleco, y mucho menos que portara un reloj en su bolsillo; así que se levantó de un brinco y corrió a campo traviesa en seguimiento del conejo, hasta que vio cómo se colaba por una gran madriguera que había debajo de unos matorrales.

Alicia se fue tras él y se metió en la madriguera, sin ponerse a pensar en cómo podría salir de ahí.

En su inicio, la madriguera era un túnel recto, pero de pronto se hundió en la tierra, y aquella caída era tan intempestiva que Alicia no tuvo oportunidad de pensar en detenerse, sino que fue cayendo inexorablemente por lo que parecía un profundo pozo.

Tal vez el pozo era realmente muy profundo, o Alicia iba cayendo muy despacio, el caso es que al irse precipitando tenía tiempo para observar a su alrededor y preguntarse qué le podría suceder en esta situación.

Lo primero que hizo fue mirar hacia abajo, para descubrir hacia adónde se dirigía, pero el pozo era demasiado oscuro y no se podía distinguir nada en la profundidad; al observar las paredes del pozo se dio cuenta de que éstas se encontraban cubiertas por una serie de alacenas y estantes, además de que en algunos claros colgaban mapas y cuadros. Al pasar por uno de los estantes tomó al vuelo un tarro que estaba marcado por una etiqueta que decía *Mermelada de naranja*, pero cuando lo abrió su desencanto fue mayor, pues el frasco estaba vacío. No quiso soltarlo en el aire por el miedo de que al caer pudiera matar a alguien, en vez de ello se las arregló para depositarlo en otro estante que encontró a su paso mientras se precipitaba por el túnel.

"¡Bueno —pensó Alicia—, después de haber vivido una caída como ésta, bien puedo rodar por cualquier escalera sin hacerme daño! Seguramente en casa van a pensar que soy muy valiente. ¡Ahora yo no gritaría aunque cayera del tejado!" (lo que era muy posible).

Abajo... abajo... abajo... ¿Es que nunca iba a terminar de caer? —Me pregunto cuántos kilómetros he caído —dijo en voz alta—. Ya debo estar cerca del centro de la tierra, lo que debe hacer unos seis mil quinientos kilómetros, según creo... (como se podrá ver, Alicia había aprendido muchas cosas en la escuela, aunque no era ésta precisamente la mejor ocasión para mostrar sus conocimientos, pues no había nadie que la escuchara; de cualquier manera, era un buen ejercicio mental el repetir datos como esos). "Seguramente estoy en lo cierto en cuanto a la distancia... pero ¿cómo podría saber en qué *longitud* y *latitud* me encuentro? (desde luego, Alicia no tenía idea de lo que significaban esas medidas, pero la pronunciación de esas palabras le parecía algo muy hermoso y elegante).

Así que siguió hablando para sí misma: "Me pregunto si al caer habré de *atravesar* la tierra… Sería muy divertido aparecer de pronto entre personas que caminan al revés, ¡con los pies hacia arriba!; creo que a esa zona le llaman la *antipática*, o algo así (esta vez se sintió tranquila de que nadie la escuchara, pues estaba casi segura de que esa no era la palabra correcta). Supongo que al llegar tendré que preguntar el nombre del país: *Por favor, señora, podría decirme si esto es Nueva Zelanda o Australia?* (al decir esto hizo una mueca de reverencia… habrá que imaginarnos lo que puede parecer una reverencia mientras uno va cayendo… ¿serían ustedes capaces de hacer algo así?)… ¡Qué ignorante parecería yo delante de la señora!…, no, nunca preguntaré algo así; sería preferible buscar el nombre del país escrito por algún lado."

Caer, caer, caer…, no había otra cosa que se pudiera hacer; así que Alicia se puso a hablar de nuevo: "¡Ay, creo que Dina me va a extrañar mucho esta noche (hay que decir que *Dina* era una gatita). Espero que no olviden servirle su platito de leche a la hora del té. ¡Oh, mi querida Dina, ojalá estuvieras conmigo aquí abajo! Desde luego no hay ratones en el aire, pero bien podrías cazar algún murciélago, y tú sabes que eso es lo más parecido a un ratón; aunque me pregunto si los gatos comen murciélagos".

Entonces Alicia comenzó a sentir mucho sueño, y aquella pregunta se le aparecía en la mente una y otra vez: ¿Comen murciélagos los gatos?; aunque a veces pensaba: "comen gatos los murciélagos?", pues como de cualquier manera sus preguntas no tendrían respuesta, poco importaba la manera de hacerlas. Finalmente cayó dormida y comenzó a soñar que iba de la mano con Dina y le preguntaba con mucha formalidad: "Dina, por favor dime la verdad: ¿te has comido alguna vez un murciélago?"... cuando de pronto se produjo un gran estruendo, y Alicia fue a parar sobre un montón de ramas y hojas secas... ¡Por fin había terminado la caída!

Alicia no sufrió daño alguno, y de inmediato se incorporó, mirando hacia lo alto, pero arriba estaba muy oscuro, y todo lo que podía ver es que delante de ella se abría otro largo pasadizo, y a lo lejos pudo distinguir al conejo blanco que por ahí caminaba con su habitual prisa. Así que Alicia

también se apresuró a seguirlo, y llegó a tiempo para escuchar lo que decía al doblar una esquina:
—¡Por mis orejas y mis bigotes que ya voy demasiado retrasado!

Alicia ya se encontraba muy cerca de él, pero al dar vuelta a la esquina el conejo ya no se veía. Entonces Alicia se percató de que se encontraba en una sala muy larga, pero de techo bajo, del que colgaban una serie de lámparas que iluminaban el lugar. Había infinidad de puertas en ambas paredes de la sala y todas ellas estaban cerradas, lo que bien constató Alicia, recorriendo toda la sala, así que con tristeza caminó hacia el centro de aquella estancia, pensando en la manera de salir de ahí.

De pronto se encontró ante una pequeña mesa de cristal que tenía solamente tres patas, y encima de ella no había otra cosa que una pequeña llave de oro, lo que sugirió a Alicia que aquella llavecita podría abrir alguna de las puertas de la sala; pero aparentemente las cerraduras eran demasiado grandes, o la llave demasiado pequeña, el caso es que no pudo abrir ninguna de las puertas.

Pero ella porfiaba en su búsqueda, por lo que descubrió una cortina que no había notado antes, y detrás de esa cortina había una puerta tan pequeña que apenas tendría unos cuarenta centímetros de alto. Probó la llavecita en la cerradura de aquella puerta y descubrió con alegría que cazaba perfectamente.

Entonces Alicia abrió la puerta y observó que conducía a un pasadizo tan estrecho que no era mayor que una ratonera; así que se puso de rodillas y pudo ver que ese corredor conducía a un jardín cuya belleza iba más allá de la imaginación. Sintió muchas ganas de salir de aquella sala oscura y caminar entre esos lechos de coloridas flores y esas fuentes cantarinas; pero ni siquiera la cabeza le cabía en la pequeña puerta. "Y en caso de que me pasara la cabeza —pensó Alicia—, ¿qué pasaría con los hombros? ¡Ojalá pudiera plegarme como se hace con los telescopios!, creo que podría, si supiera qué hacer para lograrlo."

Como podemos ver, a Alicia le habían pasado tantas cosas extraordinarias últimamente, que ya comenzaba a pensar que muy pocas eran realmente imposibles.

Era inútil quedarse ahí, sin hacer nada delante de la puertecita, así que se incorporó y volvió a donde se encontraba la mesa, pues tenía la esperanza de encontrar ahí alguna otra cosa, tal vez otra llave, o al menos un libro en el que se dijera el método para poderse plegar como un telescopio; en vez de ello encontró sobre la mesa una botellita (Alicia estaba segura de que no había estado ahí antes) y esta tenía atada al cuello una etiqueta de papel en la que se leía en mayúsculas impresas con mucho arte: *BÉBEME*.

Estaba muy bien esa etiqueta, pero una niña tan precavida como Alicia no podía beberse aquella pócima así, sin más. "Primero habría que ver si no se trata de un veneno" —pensaba—, pues había leído muchas historias en las que niños imprudentes eran devorados por bestias salvajes, o quemados vivos, y todo por no haber atendido los preceptos que se les había inculcado, cosas sencillas, como que un atizador de chimenea al rojo vivo quema si se le sostiene por largo rato, o que si uno se hace una cortada en un dedo, por regla general de ahí sale sangre (eso Alicia lo tenía muy presente), o que si uno bebe de una botella cuya etiqueta dice "veneno" es muy probable que se haga daño.

Habría que considerar, sin embargo, que aquel frasco no decía "veneno", así que Alicia se dio valor para probarlo, encontrando que tenía un sabor muy rico (le pareció que era una mezcla de natilla, pastel de cerezas, piña, pavo asado, caramelo y crujientes tostadas de pan con mantequilla), por lo que se lo bebió de un trago.

*   *   *

"¡Que sensación más extraña!—pensó Alicia— ¡Creo que ya me estoy plegando como un telescopio!"

Y aquello no era una vana sensación, sino que ahora Alicia medía solamente veinticinco centímetros de altura, por lo que pudo llegar al jardín y el rostro se le iluminó al estar ahí. Aunque antes, por precaución, esperó unos minutos para pasar por la puertecita; sobre todo quería saber si seguiría achicándose; esto la inquietaba un poco, pues pensaba que si la disminución continuaba terminaría por desaparecer completamente, como una vela que termina consumiéndose; trató de imaginarse qué aspecto tendría la llama ya apagada, aunque le resultaba muy difícil, pues aquello no era algo que ella hubiese visto nunca.

Pasado un rato, y viendo que no le sucedía nada, decidió entrar en el jardín, pero entonces se le presentó un problema, pues había olvidado la llavecita de oro sobre la mesa, y al intentar

recuperarla se dio cuenta de que con su nuevo tamaño no podría alcanzarla; ella podía verla
perfectamente a través del cristal, y en su deses-
peración intentó trepar por una de las patas de la
mesa, pero se resbalaba constantemente, por lo
que terminó por agotarse, y entonces la pobrecita
se sentó a descansar y no pudo evitar el ponerse a
llorar.

"¡No sirve para nada llorar! —se dijo Alicia,
mostrando con ello una gran entereza— ¡Es
preferible que te pares de inmediato!" Así acos-
tumbraba ella darse buenos consejos (aunque eran
raras las veces que los ponía en práctica) y en
muchas ocasiones se reprendía a sí misma con tal
dureza que se le saltaban las lágrimas; incluso
sucedió que en una ocasión trató de darse una bofetada como castigo por hacer trampa en una
partida de críquet que jugaba con ella misma, pues
Alicia era propensa a actuar como si fuera dos
personas en vez de una sola. "Pero ahora es inútil
pretender que soy dos personas —pensaba—,
porque soy tan pequeñita que no es posible contar en mí sino solamente una persona entera".

Al poco rato se dio cuenta de que bajo la mesa
había una cajita de cristal, y al abrirla encontró
dentro de ella un pequeñísimo pastelillo que

estaba bellamente decorado con pasas en formación que configuraban la palabra *CÓMEME*... "Bueno, lo comeré —pensó Alicia—; es posible que eso me haga crecer, y si así sucede podré alcanzar la mesa y coger la llave; si, por el contrario, me hace todavía más pequeña, entonces podré colarme bajo la puerta, así que de una u otra manera lograré lo que tanto deseo, que es llegar al jardín".

No se arriesgó a comer todo el pastelillo, sino que probó sólo un poco y con gran ansiedad trató de descubrir qué era lo que le pasaba, si el cambio era hacia arriba o hacia abajo; pero con sorpresa se dio cuenta de que su talla no se había alterado. Por supuesto esto es lo que ocurre cuando uno come pastel, pero Alicia ya se había acostumbrado a que le pasaran cosas extraordinarias, por lo que se sintió muy frustrada, pensando que era demasiado soso el que la vida se ajustara a la realidad.

Así que, un poco decepcionada, terminó por comerse el pastelillo entero.

* * *

II

En un mar de lágrimas

"¡Más que extraño, esto es *hiperextraño*!", exclamó Alicia (pues las grandes sorpresas le habían hecho descuidar completamente la corrección en el hablar). "¡Vaya con el estirón!; ni que fuera el telescopio más grande del mundo; ¡adiós a mis pies!" (así se expresó, porque al mirar sus pies, le parecían tan lejanos que casi se le perdían de vista). ¡Ay de mis pobres piececitos!; ¿quién les pondrá ahora las calcetas y los zapatos? Seguramente no podré ser yo misma, pues me encuentro muy lejos como para ocuparme de ellos, tendrán que arreglárselas lo mejor que puedan ellos solos; sin embargo debo ser amable con ellos —pensaba Alicia—, pues de otra manera terminarán por negarse a caminar por donde yo quiera. ¡De ahora en adelante les regalaré un par de botines nuevos todas las Navidades!"

Y Alicia siguió discurriendo cómo se las arreglaría con eso de los botines: "Seguramente tendré que enviarlos por correo —pensaba—; ¡qué divertido será enviar regalos por correo a mis propios pies!; ¡y qué extrañas van a resultar las direcciones!:

Señor Pie derecho de Alicia.

Alfombra de la chimenea,

junto a los atizadores.

(con cariño de parte de Alicia)

... ¡pero qué disparates estoy diciendo!"

Fue en esos momentos que se dio cuenta que su cabeza había chocado contra el techo de la sala, pues su talla había rebasado ya los dos metros y medio; así que rápidamente tomó la llavecita y se fue corriendo hacia la puerta que conducía al jardín.

Entonces se encontró en grandes dificultades (¡pobrecita!), pues apenas podía mirar el jardín con un solo ojo si se acostaba sobre el piso; por lo que ahora el llegar al jardín era menos posible que antes; entonces, desesperada, se sentó y comenzó a llorar amargamente.

"¡Debería darte vergüenza el llorar de esa manera! —se reprochaba a sí misma—. ¡Siendo una niña ya tan grande (bien podía permitirse hablar así). ¡Te ordeno que dejes de llorar —se dijo—; pero sus órdenes fueron desobedecidas y ella siguió llorando a mares, litros y litros de lágrimas que fueron formando a su alrededor un charco que cubría por lo menos la mitad de la habitación y que tenía unos diez centímetros de profundidad.

Pasó un rato, y entonces escuchó en la distancia un ruido como de pasos; entonces se secó las lágrimas de sus ojos para ver quién se aproximaba: era el conejo blanco, el mismo de antes, pero ahora elegantemente vestido, con un par de guantes blancos de cabritilla en una mano y un abanico en la otra; caminaba curiosamente, dando breves saltos, y perecía seguir muy apurado, murmurando para sí: "¡Ay, la Duquesa, la Duquesa!, ¡no quiero imaginar lo furiosa que se va a poner si la hago esperar!"

Alicia se sentía tan desesperada que estaba decidida a pedir ayuda al primero que pasara por ahí; así que esperó a que el conejo estuviese cerca, y entonces le dijo con tímida voz:

—¡Señor... por favor...!

Pero entonces el conejo se asustó mucho y dejó caer los guantes y el abanico, corriendo hacia la oscuridad lo más rápido que pudo.

Alicia se inclinó para recoger el abanico y los guantes, y como hacía mucho calor se puso a abanicarse vigorosamente, al mismo tiempo que decía: "¡Dios mío, qué extraño es todo esto el día de hoy; ayer, en cambio, todo era normal! ¿Sería yo la que cambió durante la noche?... Veamos, ¿era yo la misma cuando me levanté esta mañana?..., no lo sé, creo recordar que me sentía un poco distinta; pero en caso de no ser la misma, la pregunta pertinente es: ¿quién diablos soy?... ¡Ése es el gran enigma!"

Y entonces se puso a pensar en todas las niñas que eran sus amigas y que tenían su misma edad, para descubrir si acaso se hubiese transformado en una de ellas.

"No soy Ada —pensó—, de eso estoy bien segura, porque ella lleva largos bucles en el pelo; pero también estoy segura de que no soy Mabel, porque yo sé muchísimas cosas, y ella sabe muy

pocas. Además de que ella es ella, y yo soy yo...
¡Ay Dios mío, que difícil es encontrarle la razón a
todo esto!; por lo menos veré si realmente sé todo
los que sabía antes: cuatro por cinco, doce, y cuatro por seis igual a trece, y cuatro por siete..., ¡al
paso que voy nunca llegaré a veinte! Pero las ta-
blas de multiplicar en realidad no significan gran
cosa; probaré con la geografía: Londres es la capital de París, París es la capital de Roma, Roma...
¡No, por ahí voy muy mal!, es muy probable que
me haya transformado en Mabel. Mejor probaré
a recitar un poema".

Y así lo hizo, pero al pronunciar las palabras
éstas no parecían ser las mismas y su voz sonaba
hueca y ronca.

¡Ay, pobre del inocente cocodrilo,
hay que ver como mueve su cola
y hace tantas olas en al agua!
¡Cómo brillan sus escamas en el Nilo!

¡Que alegre pareces cuando muestras los dientes!;
¡con cuánta rapidez abres tus garras
y a los peces llamas y desgarras,
cuando llegan a tus alegres fauces!

"Estoy segura de que ésta no es la letra exacta de aquél poema —pensó la pobre Alicia, y se le volvieron a llenar los ojos de lágrimas—, finalmente resultará que en verdad soy Mabel, y cuando regrese tendré que ir a vivir a su casucha, y soportar el no tener juguetes, además de tener siempre que estudiar para aprender tantas cosas que luego se olvidan.

"¡Eso sí que no lo soportaría! En caso de ser Mabel, es preferible que me quede aquí abajo; de nada va a servir que alguien me diga: *¡anda, niña, sube!*; yo simplemente me quedaría mirándolos y les diría que antes de ordenarme cualquier cosa me dijeran quién soy yo... *contéstenme a esa pregunta, y si me gusta ser quien ustedes dicen, entonces subiré, si no es así, me quedaré aquí abajo hasta que sea otra...* ¡Oh, por Dios —exclamó Alicia, con lágrimas en los ojos—, si por lo menos esas personas vinieran a mí cabeza abajo; estoy *muy cansada* de estar aquí tan sola!"

Diciendo estas cosas se miraba las manos, y entonces reparó con sorpresa en que, sin darse cuenta, mientras hablaba, se había colocado uno de los guantecillos del conejo blanco. "Pero, ¿cómo he podido hacer eso? —pensó—; no puede haber otra explicación sino que nuevamente me he achicado". Entonces, para corroborar su teoría, se fue a la mesa para encontrar en ella la justa medida; según sus cálculos, ahora debía medir unos sesenta centímetros, pero también sentía que continuaba achicándose. Pronto se dio cuenta de que la causa de aquello era precisamente el abanico que traía en la mano y entonces lo arrojó al suelo, con lo que se detuvo su disminución, lo que fue muy oportuno, pues de seguir abanicándose, se hubiera miniaturizado hasta la total extinción.

"¡La libré apenas por un pelo!", dijo Alicia, muy asustada por tan súbita transformación, pero muy contenta por seguir con vida. "¡Y ahora, al jardín!"; diciendo esto corrió hacia la puertecita, pero para su desgracia ésta se encontraba cerrada, y nuevamente la llave de oro había quedado sobre la mesa de cristal. Entonces la pobre niña se sintió muy desdichada, pensando que las cosas iban de mal en peor, pues incluso ahora era más pequeña que antes; "¡Esto es realmente horrible", se dijo; pero en ese mismo momento se sintió resbalar y *¡plaf!* , se hundió hasta la barbilla en agua salada, por lo que su primer pensamiento fue que había caído en el mar... "Si es así, entonces podré regresar en tren" (Alicia había ido una sola vez a la playa, y desde entonces había llegado a la conclusión de que, cualquiera que fuese el lugar de la costa inglesa en que se encontrase, siempre existirían casetas para cambiarse de ropa y bañarse en el mar, niños cavando en la arena con palas de madera, una larga hilera de hoteles detrás, y finalmente, desde luego, una estación de ferrocarril). Sin embargo, pronto comprendió que este mar en el que se encontraba en realidad estaba formado por sus propias lágrimas, pues tantas había derramado, que la profundidad rebasaba los dos metros y medio.

"¡Ojalá no hubiera llorado tanto! —dijo Alicia, mientras procuraba mantenerse a flote, nadando de un lado a otro para localizar la salida— Supongo que este es mi castigo por haber llorado tanto: ¡ahogarme en mis propias lágrimas!; ¡esto sí que es extraño!; pero hoy todo es extraño."

Entonces escuchó un chapoteo cerca de ella, y hacia allá se fue nadando, pensado que bien podría ser una morsa o un hipopótamo, pero cuando recordó lo pequeña que era ahora, entendió que aquella figura no podía ser sino un ratón que también había resbalado y ahora flotaba como ella.

"¿Sería prudente —pensó— dirigir la palabra a este ratón?… Aquí abajo todo es maravilloso, tanto que no me extrañaría que el ratón tuviese el don del habla; en todo caso, nada puedo perder si lo intento."

—¡Eh, ratón!, ¿sabes cómo salir de este lago?; si lo sabes dímelo, pues ya estoy muy fatigada de tanto nadar, oh ratón."

Alicia pensó que esa era la manera adecuada de dirigirse a un ratón; desde luego ella nunca había tenido esa experiencia, pero había visto en la gramática latina de su hermano que se decía: *un ratón... de un ratón... para un ratón... oh ratón...* El ratón la miraba con un aire inquisitivo, y Alicia llegó a pensar que le guiñaba un ojo; pero permanecía en silencio.

"Es posible que no entienda mi lengua —pensó Alicia—; tal vez sea un ratón francés que llegó con Guillermo el Conquistador" (Aunque Alicia conocía muchos hechos de la historia, no tenía muy claro cuándo había ocurrido eso). Entonces se le ocurrió hablarle en francés, utilizando la primera frase de su libro de estudio, que era lo único que sabía:

—*¿Où est ma chatte?*

Al escuchar estas palabras, el ratón dio un respingo y pareció estremecerse de terror.

—¡Ay, perdón! —exclamó Alicia, temerosa de haber herido los sentimientos del pobre ratón—; se me olvidó que a ti no te gustan los gatos.

—¡Que no me gustan los gatos! —gritó el ratón, lleno de rabia y con voz chillona—; si tú fueras yo, ¿acaso te gustarían los gatos?

—Bueno, es muy probable que tampoco me gustaran —dijo Alicia en un tono conciliador—; sin embargo me gustaría presentarte a mi gatita Dina. Creo que no te molestarían tanto los gatos si llegaras a conocerla; ¡es tan dócil y tan amable! —siguió diciendo Alicia como para sí misma, mientras nadaba en torno del ratón—; cuando se sienta junto al fuego ronronea de contenta, y se lame las patas y la cara.

—Es una gatita tan dulce y suave que da gusto tomarla en los brazos y mecerla; y es tan hábil cazando ratones que... ¡Ay, perdón! —exclamó Alicia, muy avergonzada, porque ahora al ratón se le había erizado la pelambre, y a ella le pareció que su cara reflejaba una verdadera indignación—, será preferible no hablar más de ella, si tanto te molesta.

—¡Sin duda será lo mejor! —gritó el ratón, que temblaba de la cabeza a la cola— ¿Por qué iba yo a querer hablar de semejante tema?; tú debes saber que nuestra estirpe *odia* a esos animales sucios y rastreros. ¡Que no escuche yo una sola palabra de ellos!

—Así será, no volveré a mencionarlos —dijo Alicia, y de inmediato buscó algún otro tema de conversación—. ¿Te gustan…, digo, eres aficionado…, a los perros?

El ratón no se dignó contestar a esa pregunta, y Alicia pensó que era conveniente seguir la conversación.

—Cerca de mi casa hay un perro precioso; me gustaría mucho que algún día lo conocieras. Es un pequeño *terrier* marrón, de largo pelo y ojos muy brillantes. Cuando le arrojas cosas, él las va a buscar, se para en sus patas traseras para pedir algo de comer, y hace muchas cosas más, tantas que no puedo recordar ni la mitad; él pertenece a un granjero que lo quiere mucho y que dice que le es tan útil que vale mucho dinero, también dice que mata todas las ratas y… ¡Ay, Dios mío! —exclamó muy afligida Alicia—, ¡ya he vuelto a ofenderte!

Y seguramente así había sido, pues el ratón ya se alejaba de ella, nadando con toda sus fuerzas y removiendo el agua con violencia.

Alicia lo llamó con delicadeza:

—¡Mi querido ratón, por favor regresa y te aseguro que no hablaremos más de gatos ni de perros!

Al escuchar estas palabras, el ratón fue nadando lentamente en dirección de Alicia y ella notó que tenía la cara pálida (ella pensó que podía ser de cólera), pero él le habló con tranquilidad, diciéndole en voz baja y temblorosa:

—Vamos a la orilla y te contaré mi historia, así comprenderás por qué odio tanto a los gatos y a los perros.

Ya era hora de irse, pues el charco se estaba llenado de pájaros y otros animales que habían caído en él; había ahí un pato, un dodo, un loro, un aguilucho y muchas otras criaturas de lo más exótico. Y resultó que todos ellos hicieron comitiva a Alicia y al ratón cuando se fueron nadando hacia la orilla.

III

*Una competencia de grupo
y un cuento largo
y con cola*

Ciertamente, el grupo que se congregó en la orilla era muy discímbolo; había ahí aves que arrastraban tristemente sus plumas y animales con el pelaje pegado a las carnes, pues todos estaban empapados, por lo que se encontraban de muy mal humor.

Por supuesto, la primera cuestión era encontrar la manera de secarse, y en vista de ello hubo una discusión general; apenas habían pasado unos minutos y Alicia ya se encontraba hablando de manera familiar con todos aquellos animales, como si fueran viejos conocidos de ella; incluso se enfrascó en una acalorada discusión con un loro, quien finalmente, y ya bastante alterado, solamente repetía:

—¡Soy mayor que tú, por lo que debo tener razón!

Alicia no podía encontrar el peso de ese argumento sin saber cuál era la edad del loro, pero como éste se negaba a confesarla, se terminó la conversación.

El ratón era bastante respetado en ese grupo, por lo que impuso su voz, diciendo:

—¡Siéntense todos y dispónganse a escucharme, que yo los voy a dejar secos en unos momentos!

Ellos obedecieron al punto, y formaron un gran círculo en torno al ratón. Alicia era de las más atentas y deseaba con gran fuerza que el ratón comenzara su relato, pues sentía el riesgo de resfriarse si no se secaba muy pronto.

—¡Ejem! —dijo el ratón, dándose aires de importancia—; ¿ya están preparados?; ahora les hablaré de lo más seco y árido que yo conozco; así que hagan el favor de guardar silencio, pues comenzaré por decirles que Guillermo, el Conquistador, quien era favorecido por el Papa, fue adoptado con mucha facilidad por los ingleses, que en aquellos tiempos carecían de caudillos y que ya se encontraban habituados a la usurpación y a la conquista. Edwin y Morcar, duques de Mercia y Northumbria...

—¡Uf! —dijo el loro suspirando a la vez que seguía tiritando.

—¡Perdón! —dijo el ratón en un tono correcto, pero frunciendo el ceño—, ¿decías algo?

—¡No, no! —dijo apresuradamente el loro.

—¡Ah!, me pareció oírte hablar —dijo el ratón—; entonces seguiré con mi relato: Edwin y Morcar, Duques de Mercia y Northumbria, se declararon a su favor, y también Stigand, que era el arzobispo de Canterbury, encontrándolo aconsejable...

—¿Encontrando *qué*? —dijo el pato.

—*Encontrándo-lo* —repitió enfáticamente el ratón—. ¿Acaso no entiendes el significado del sufijo "lo"?

—¡Claro que sé muy bien lo que significa *lo* —replicó el pato—sobre todo cuando soy yo quien *lo* encuentra, siendo casi siempre una rana o un gusano, pero no entiendo qué fue lo que encontró el arzobispo.

El ratón no hizo el menor caso de la intervención del pato y prosiguió su relato en donde lo había dejado.

—..., encontrándolo aconsejable, se juntó con Edgar Atheling y ambos fueron al encuentro de Guillermo para ofrecerle la corona. La reacción de Guillermo fue mesurada en un principio, pero él no conocía el carácter de los normandos... ¿Cómo estás ahora, pequeña? —dijo, dirigiéndose a Alicia.

—Igual de mojada que antes —respondió ella, mostrándose frustrada—. Esta historia no hace que me seque para nada.

—Estando las cosas así —dijo el dodo mientras se alzaba sobre sus patas—, propongo que esta asamblea sea suspendida, con objeto de pasar a la adopción de medidas más enérgicas.

—¡Procura hablar con más claridad! —dijo el aguilucho—; yo no entiendo la mitad de las palabras que has dicho, ¡y estoy seguro de que tú tampoco!

Entonces el aguilucho bajó la cabeza para ocultar una sonrisa, mientras otras aves reían abiertamente.

—Lo que quiero decir —expresó el dodo en un tono resentido—, es que para secarnos sería más conveniente organizar una carrera conjunta.

—¿Qué cosa es una carrera conjunta? —preguntó Alicia, no porque le importara mucho saberlo, sino porque el dodo había hecho una pausa al decir eso, lo que suponía la intervención de alguien.

—¡Qué importa explicarlo! —replicó el dodo— la mejor manera de que se entienda es practicarla.

(Sin embargo, si por casualidad, uno de estos días de invierno, alguien quiere practicar una carrera de este tipo, les diré cómo la organizó el dodo.)

En primer lugar, diseñó la pista para la carrera, marcando una especie de círculo (sin que importara la forma exacta, según dijo él mismo),

inmediatamente se fueron colocando los partici-
pantes en esa línea; no hubo ninguna orden
específica, como el tradicional "en sus marcas, lis-
tos..." sino que todo mundo se puso a correr a su
antojo, de manera que no había forma de saber
cuándo había que parar. Así corrieron más de
media hora, y cuando el dodo consideró que ya
todos se habían secado, gritó:

—¡Se acabó la carrera!

Y entonces todos se agruparon a su alrededor, muy inquietos por saber quién había sido el
ganador. El responder a esa pregunta no era cosa
fácil, por lo que el dodo permaneció un buen rato
con un dedo en la frente (posición que en muchas
de las obras de Shakespeare significa un profundo estado de reflexión) mientras los demás
guardaban un respetuoso silencio. Finalmente
dijo:

—Todos han resultado ganadores, y por tanto todos recibirán premios.

—¿Y quién dará los premios? —dijeron los
asistentes al mismo tiempo.

—Por supuesto que debe ser ella —dijo el
dodo, señalando a Alicia con el dedo; entonces
todo el grupo se arremolinó en torno de la niña
vociferando:

—¡Premios, premios!

Alicia no sabía qué hacer; lo único que se le ocurrió es meter la mano en su bolsillo y sacar de ahí una bolsa de caramelos que traía por casualidad y que afortunadamente se había conservado intacta a pesar del agua salada. Por suerte los dulces alcanzaron para todos, pero no sobró uno sólo.

—Yo creo que ella también debe recibir un premio —dijo el ratón.

— Así es como debe ser — reiteró el dodo con gran formalidad. ¿Qué más tienes en el bolsillo?

—Sólo un dedal —respondió Alicia, en un tono de tristeza

—Dámelo —ordenó el dodo.

Todos se colocaron en torno de Alicia, , mientras el dodo tomaba el dedal y se lo volvía a ofrecer, diciendo:

— En nombre de todos los presentes, te rogamos que aceptes este magnífico dedal.

Al terminar el dodo su pequeño discurso, todos aplaudieron. Alicia pensaba que era muy absurdo todo eso, pero la adusta seriedad de aquella asamblea le impidió echarse a reír, así que hizo una solemne reverencia, y parsimoniosamente tomó el dedal que se le ofrecía.

Entonces todos los demás procedieron a comer los caramelos, con gran escándalo, pues los animales grandes se quejaban de que era tan poco que no alcanzaban a saborearlos, mientras que para los chicos eran tan grandes que más de uno se atragantó y hubo que darle palmadas en la espalda para liberarlo del ahogo. Finalmente todos quedaron satisfechos y volvieron a colocarse en círculo, pidiendo al ratón que les contase algo más.

—Recuerda que me has prometido contarme tu historia —dijo Alicia—, y sobre todo por qué odias tanto a los "G" y a los "P" —dijo en un susurro, temerosa de volver a herir sus sentimientos.

—Mi historia es muy triste y muy larga, y no carece de cola —dijo suspirando el ratón.

—Seguramente será una *cola* muy larga —dijo Alicia, contemplando asombrada la cola del propio ratón—; pero, ¿por qué dices que es tan triste?

Entonces el ratón comenzó a hablar, y Alicia iba siguiendo la trama y adivinando la posible cola de la historia, que imaginó de la siguiente manera:

La furia inter-
peló a un ratón
que sorprendió
en un rincón:
"Convocaré
un juicio que
no tenga ningún
vicio... ¡y no
hay excusa,
que yo soy
quien acusa!;
y en esta
mañana
lo haré

como
  me dé la
    gana". Le
      dijo el ratón
        al perro:
          "Mi querido
            señor,
          pero
        como
      no hay
    juez ni
    jurado,
      tal juicio
        deberá ser
          descartado".
            "Yo seré
              jurado
                y juez
                —dijo
              el perro
              a su
              vez—,
            y el
          vere-
          icto
        final
        será
          la pena
            capi-
                tal".

—¡Pero no estás poniendo atención! —dijo el ratón a Alicia, en tono de reproche— ¿En qué piensas?

—¡Perdóname! —dijo Alicia—, pero bien me he dado cuenta de que ya ibas por la quinta curva de la cola.

—¡*Menudo* error el tuyo! —gritó el ratón, hecho una furia.

—¿Acaso tienes un *nudo*? —dijo Alicia como para salir del apuro y mirando hacia los demás concurrentes—. ¡Déjame que te ayude a deshacerlo!

—¡De ninguna manera! —dijo el ratón con un chillido, y de inmediato se puso de pie y comenzó a alejarse del grupo— ¡Tus tonterías me resultan insultantes!

—¡Perdóname, no fue mi intención! —expresó la pobre niña— Pero la verdad es que tú te ofendes muy fácilmente.

El ratón solamente emitió un gruñido a manera de respuesta.

—¡Por favor regresa y termina tu historia! —dijo a Alicia en un tono suplicante, que fue coreado por todos los demás:

—¡Sí, por favor vuelve!

Pero el ratón no hacía otra cosa que sacudir la cabeza y apurar el paso.

—¡Qué lástima que no quiera quedarse! —dijo el loro en un suspiro, cuando el ratón ya había desaparecido de la vista.

Entonces una vieja madre cangrejo aprovechó la oportunidad para aconsejar a su hija:

—Aprovecha bien esta lección, hija mía: ¡nunca pierdas *la* paciencia!

—¡Mejor cierra la boca, mamá! —dijo la pequeña con molestia— ¡Tú eres capaz de hacer perder la paciencia a una ostra!

—¡Ojalá que estuviera aquí mi preciosa Dina —dijo Alicia en voz alta, sin dirigirse a nadie en particular—. Estoy segura de que *ella* lo obligaría a regresar.

—¿Y quien es Dina? —dijo el loro.

Como a Alicia le gustaba mucho hablar de su gatita, respondió con gran entusiasmo:

—¡Dina es mi gatita!, y ella es única cazando ratones, ¡y deberían verla atrapando pájaros!; apenas ve un pajarito, ¡y ya se lo está comiendo!

Aquellas palabras produjeron una gran conmoción entre los asistentes; algunos se marcharon de inmediato y otros se quedaron a regañadientes; finalmente una vieja urraca intervino diciendo:

—Creo que ya es hora de irme a casa, este viento de la noche es muy malo para mi garganta.

Un canario se puso a llamar a sus crías con voz temblorosa:

—¡Vámonos ya, pequeños, que ya es hora de ir a la cama.

Otros más fueron aduciendo pretextos, hasta que Alicia se quedó sola.

"Ojalá no les hubiera mencionado a Dina —se lamentó Alicia—; perece que a nadie le gusta aquí abajo, aunque ella sea la mejor gatita del mundo. ¡Ay, mi querida Dina, no estoy segura de volverte a ver!"... Y la pobre niña se puso a llorar de nuevo, pues se sentía muy triste y sola. Al poco rato se escucharon unos pasos a lo lejos, y Alicia aguzó la mirada, con la esperanza de que el ratón hubiese cambiado de opinión y regresara a terminar su historia.

IV

La habitación del conejo blanco

Pero no era el ratón, sino el Conejo Blanco que regresaba dando pequeños saltos; ahora se movía con más lentitud, sin embargo seguía angustiado, murmurando: "¡La Duquesa, la Duquesa!… ¡Ay, mis queridas patitas! ¡Por mi piel y mis bigotes que me hará ejecutar!; ¡estoy tan cierto de ello como de que los hurones son hurones!… ¿Dónde se me habrá caído?

Rápidamente adivinó Alicia que el conejo se refería al abanico y al par de guantes de cabritilla, así que decidió ayudar al atribulado personaje y se puso a buscarlos ella misma; pero no se les veía por ningún lado, pues todo parecía haber cambiado desde que hubo caído en el gran charco, además de que la gran sala de las puertas y la mesita de cristal había desaparecido.

Entonces el conejo notó la presencia de Alicia, que seguía buscando con gran diligencia, y le gritó con enfado:

— ¡Eh, Mary Ann!, ¿qué estás haciendo aquí? ¡Ve a la casa y tráeme el abanico y los guantes! ¡Anda, no te demores!

Alicia se desconcertó tanto que se fue corriendo en la dirección que le marcaba el conejo, sin pensar en aclarar el error.

"Tal parece que me ha tomado por su criada —se dijo mientras corría—. Se va a llevar una gran sorpresa cuando descubra que no es así; pero ahora sería mejor que le trajese el abanico y los guantes, bueno, en caso de que los pueda encontrar." Mientras pensaba en la dificultad de encontrar aquellos objetos, llegó a una casita muy limpia que tenía una pequeña puerta, y sobre ella una placa de bronce en la que se leía: C. BLANCO.

Entró sin llamar y corrió escaleras arriba, con mucho miedo de encontrarse ante la verdadera Mary Ann, pues pensaba que ella se enojaría y la echaría de la casa antes de encontrar el abanico y los guantes.

"No deja de ser muy extraño esto de hacer esta clase de servicio a un conejo —pensó Alicia— ¡A ver si un día de estos Dina me encarga alguna cosa! Y entonces comenzó a imaginar lo que podría ocurrir:

"¡Alicia, vístete rápido que tienes que salir!... Espera, que no puedo salir porque Dina me ha encargado que vigile la ratonera hasta que regrese, pues no quiere que se le escape ningún ratón... "Aunque no creo —siguió pensando Alicia— que a Dina la soporten en casa si se pone a dar órdenes de ese tipo."

Examinando la casa, Alicia encontró un pasillo que la condujo a una pequeña habitación muy limpia que tenía una mesita junto a la ventana, y en esa mesita, como ella esperaba, había un abanico y varios pares de guantes de cabritilla, así que tomó el abanico y un par de guantes, pero cuando estaba a punto de salir de la habitación alcanzó a ver una botellita que se encontraba frente a un espejo. A diferencia de la que había encontrado antes, en esta botellita no había ningún letrero que dijera "bébeme", pero Alicia de todos modos la destapó y se la llevó a los labios, pues pensó que ya era una regla el que al comer o beber algo siempre sucedían cosas interesantes, así que le dio mucha curiosidad por saber qué efecto podía tener esta pócima. "¡Espero que me haga crecer otra vez, porque ya estoy harta de ser tan diminuta!"

El resultado fue precisamente el deseado, pero mucho más rápido de lo que ella hubiese esperado, pues antes de haber bebido la mitad de la botella ya la cabeza le llegaba al techo y tuvo que inclinarla para no lastimarse el cuello; así que de inmediato dejó la botellita, temiendo crecer todavía más y arrepintiéndose de haber bebido tanto, pues ahora ya no cabía por la puerta.

Pero ya no había remedio, además de que el proceso seguía su marcha y Alicia continuaba creciendo, tanto que tuvo que ponerse de rodillas, pero unos momentos después ya no cabía ni siquiera en esa posición, así que se tumbó de lado, apoyándose en un codo junto a la puerta y con el otro brazo detrás de la cabeza; pero seguía creciendo, y como último recurso sacó un brazo por la ventana y metió un pie por el espacio de la chimenea, mientras pensaba: "¿Qué va a ser de mí si continúo creciendo?, ¡ya no cabré en la casa!

Pero, afortunadamente para Alicia, la pócima aquella ya había agotado su efecto, por lo que ella dejó de crecer; pero de todas maneras se encontraba muy incómoda en su posición y sin la menor posibilidad de salir del cuarto, por lo que se sintió muy desdichada.

"Antes, en casa, estaba mucho mejor que ahora, pues al menos mi tamaño era siempre el mismo —pensaba Alicia—, además de que nunca estaba yo a merced de conejos o de ratones. Casi hubiera sido preferible el no entrar en la madriguera... aunque, bueno... ¡qué curiosa es esta vida!; ¿qué me ha pasado en realidad?... Cuando leía cuentos de hadas, yo pensaba que esta clase de cosas eran pura invención, que no ocurrían nunca; ¡y ahora me encuentro metida en una de esas historias! Debería escribirse un libro sobre mis aventuras, pues sería muy interesante; tal vez lo escriba yo misma cuando crezca... ¡Pero qué estoy diciendo!, ¡si ya he crecido! —dijo en un tono de sorpresa— He crecido tanto que, al menos aquí ya no hay sitio para crecer más."

"Pero entonces —pensó Alicia—, ¿ya nunca seré mayor de lo que soy ahora?... de alguna manera, eso sería una ventaja, pues ya no me volveré vieja; pero entonces, ¿siempre seguiría siendo niña y tendría que estudiar mis lecciones?... ¡Eso no me gusta nada!"

"¡Pero qué tonta eres Alicia — se dijo a sí misma—, ¿cómo vas a estudiar lecciones en este lugar, si apenas hay espacio para ti?, ¿cómo podrían caber los libros y los cuadernos?"

Y así continuó conversando consigo misma un buen rato, hasta que creyó escuchar una voz que provenía de fuera de la casa.

—¡Mary Ann, Mary Ann! —decía la voz—. ¿Qué pasó con mis guantes?; ¡Tráemelos ahora mismo!

Después oyó que en la escalera resonaban unos pasos leves, y Alicia pensó que sin duda era el conejo que venía a buscarla, y entonces se puso a temblar de miedo, pero como llenaba todo el espacio, la casa se puso a temblar con ella; pero su miedo no era justificado, pues ahora era unas mil veces mayor que el conejo y él resultaba demasiado débil, por lo que no había razón para temerle.

Rápidamente el conejo llegó a la puerta e intentó abrirla, pero no le fue posible, pues el codo de Alicia lo impedía, dado que la puerta se abría hacia adentro; entonces ella escuchó que el conejo decía:

—¡Daré la vuelta y entraré por la ventana!

"¡*Eso* no lo voy a permitir!" —pensó Alicia— y calculó el tiempo en el que el conejo podría encontrarse bajo la ventana; y entonces sacó la mano y la alargó hacia abajo, haciendo un ademán que tenía la intención de atraparlo en el aire…, no lo pudo coger, pero escuchó un chillido, el sonido de un cuerpo que caía, y un estrépito de vidrios rotos, por lo que dedujo que probablemente el conejo había caído en uno de esos cuartos con techo de vidrio que sirven como invernadero para la maduración de pepinos, o algo así.

Después escuchó unos gritos airados que supuso eran del conejo:

—¡Pat, Pat!, ¿dónde estás?

Y luego se escuchó una voz que Alicia no había oído antes.

—¿Y dónde podría estar?, Su Señoría; ¡estoy excavando en busca de manzanas!

—¡Pero, claro! —dijo el conejo, muy enojado—, ¡excavando! ¡Ven inmediatamente y ayúdame a salir de aquí!

Se escuchó más ruido de vidrios rotos.

—Ahora debes decirme, Pat, ¿qué cosa es eso que se ve en la ventana?

—Pues es bastante obvio, Su Señoría, se trata de un brazo.

—¿Un brazo, pedazo de animal?, ¡cuándo se ha visto un brazo de ese tamaño!..., ¡si es del tamaño de toda la ventana!

—Así es, Su Señoría; pero de todas maneras es un brazo.

—Pues brazo o no, ese no es su lugar, ¡así que ve y quítalo!

Entonces se produjo un largo silencio, y Alicia sólo pudo oír, de vez en cuando, un cuchicheo,

y algunas frases aisladas como "Así es, Su Señoría, ¡No me gusta nada, pero nada!"... "¡Haz lo
que te ordeno, cobarde!", pero de pronto Alicia
se decidió a extender una vez más la mano, haciendo otra vez el ademán de atrapar algo al vuelo.
Pero esta vez se produjeron dos leves chillidos, y
otra vez ruido de vidrios rotos.

"¡Qué cantidad de invernaderos debe haber!
—se dijo Alicia—Me pregunto si estarán pensando sacarme por la ventana; ¡ojalá que lo pudieran
hacer!, ya estoy harta de estar aquí, encerrada."

Esperó un rato, aguzando el oído, pero no
pudo escuchar nada; por fin pudo distinguir el
traqueteo de las ruedas de una especie de carrito
y el sonido de muchas voces que hablaban al mismo tiempo, pero pudo captar algunas frases
aisladas: "¿Dónde está la otra escalera?"... "A mí
solamente me encargaron una, la otra la tiene
Bill"... "¡Bill, trae la escalera, apúrate!"... "Pón-
ganlas en el rincón... "No, átenlas primero..."
"¡No alcanzan ni la mitad!" "¡No seas exagerado,
alcanzan perfectamente!" "¡Eh, Bill, agárrate con
fuerza de la cuerda". "¿Aguantará el tejado?..."
"¡Cuidado con la teja suelta!... ¡Cuidado!... (gran
estrépito). "¡Eh, quién hizo eso!; fue Bill, me ima-
gino... ¿Quién va a bajar por la chimenea?... ¡Ni

piensen que pueda ser yo!... ¡Conmigo no cuenten!... ¡Tendrá que bajar Bill...!"

¡Ven, Bill,!... ¡El amo ordena que bajes por la chimenea!

"Así que será Bill quien baje por la chimenea —dijo Alicia para sí misma— ¡Parece que todo se lo cargan al pobre de Bill! ¡Por nada del mundo quisiera estar en su pellejo! Esta chimenea seguro que es estrecha, pero yo creo que tendré oportunidad de dar una que otra patada." Extendió lo más que pudo el pie por el interior de la chimenea y esperó hasta advertir que el animalito llamado Bill (no pudo determinar de qué se trataba) arañaba las paredes y se abría paso por la chimenea; al sentir que estaba muy cerca lanzó una fuerte patada por el cubo de la chimenea y esperó a ver qué pasaba.

Entonces oyó un vocerío fuera de la casa: "¡Allá va Bill, volando!; y luego se escuchó la voz del conejo con toda claridad:

—¡Vayan a recogerlo tras la cerca!

Se hizo un silencio y después una nueva confusión de voces:

"¡Sosténganle la cabeza!… Dénle un poco de coñac… así, ¡sin que se atragante!…, ¿qué fue lo que te ocurrió?; a ver, ¡cuéntanoslo!

Finalmente se escuchó una vocecita debilucha y chillona (seguramente es la de Bill, pensó Alicia).

—Bueno, la verdad es que casi ni me enteré… no, ya no más, gracias…, ya me siento mejor; pero demasiado aturdido como para recordarlo todo y poderlo contar. Lo único que recuerdo es que de pronto me sentí impactado por algo como un resorte y salí volando por los aires.

—¡Sí, así sucedió realmente! —dijeron a coro todos los demás.

—¡Será necesario prenderle fuego a la casa!, dijo una voz que parecía la del conejo. Al escuchar esto, Alicia gritó con todas sus fuerzas:

—¡Cuidado con hacer una cosa así!, ¡o soltaré a Dina!

Entonces se hizo un silencio sepulcral y Alicia no supo qué pensar. "¿Qué irán a hacer ahora?, si tuvieran un poco de sensatez, se darían cuenta de que lo que procede es desprender el tejado".

Unos minutos después, Alicia escuchó cómo comenzaban a moverse, y también oyó que el conejo decía:

—Yo creo que será suficiente con una carretilla, para empezar.

"¿Una carretilla? —pensó Alicia— Una carretilla, ¿de qué? Pero sus dudas pronto fueron disipadas, porque al poco tiempo una lluvia de piedrecillas sacudió la ventana, y algunas incluso llegaron a impactarse en su cara, lo que la molestó sobremanera y decidió que debía parar todo aquello:

—¡Será preferible que esto no se repita! — gritó a todo pulmón, con lo que se produjo un nuevo silencio, y Alicia se dio cuenta, con gran sorpresa, de que seguían lanzando piedras, pero que éstas se volvían pastelillos conforme iban cayendo al suelo; entonces se le ocurrió una brillante idea: "Si como algunos de estos pastelillos, seguramente tendrán un efecto sobre mi tamaño, como ha ocurrido antes, y como ya no puedo aumentar de tamaño, no queda otro camino que el achicarme."

Así que procedió a comer uno de los pastelillos y de inmediato se dio cuenta de que comenzaba a reducir su tamaño. Cuando tuvo la talla suficiente como para traspasar la puerta, salió corriendo de la casa y con sorpresa se encontró con una gran cantidad de animalitos terrestres y de aves que se habían congregado afuera. Bill resultó ser una pobre lagartija y se encontraba en el centro del grupo, sostenido por dos conejillos de indias que le hacían beber de una botella, con el ánimo de aliviarlo. Al aparecer Alicia, todos se le abalanzaron, por lo que ella prefirió echarse a correr con todas sus fuerzas, hasta que sintió que se encontraba a salvo en la espesura del bosque.

Considerándose segura, se tranquilizó y se puso a meditar acerca de su actual condición: "Lo primero que tiene que suceder — se dijo —, es que yo recupere mi talla normal, y lo segundo es que pueda encontrar el camino hacia aquel bello jardín. Creo que ese es el mejor plan."

El plan era excelente, sin duda; pues era sencillo y práctico; la única dificultad es que Alicia no tenía la más remota idea de como llevarlo a cabo; aunque bien se puso a reflexionar sobre el mismo mientras contemplaba los árboles a su alrededor; pero de pronto escuchó un débil y tímido ladrido, pero no en el bosque, sino justo encima de su cabeza, por lo que levantó bruscamente la mirada.

Ahí estaba un cachorro de grandes ojos redondos que la miraba con ternura y que, dada la talla actual de Alicia, parecía enorme; entonces él le acercó con delicadeza una de sus patas, intentando tocarla.

—¡Pobrecito, dijo Alicia, intentando silbarle como se hace con los cachorritos, pero de pronto le vino a la mente la terrorífica idea de que el perrito pudiera estar hambriento, y en vez de aceptar sus mimos y caricias, la usara como alimento.

Sin mucha conciencia de lo que hacía, tomó una ramita y la tendió hacia el cachorro, el cuál de inmediato reaccionó con un salto de alegría, ladrando y lanzándose sobre el palito, como si fuera la presa de cacería; entonces Alicia se lanzó sobre un cedro para evitar ser arrollada, y al momento de aparecer ella, otra vez el cachorro se lanzó sobre el palito, abalanzándose para atraparlo, pero con tan mal equilibrio, que se rodó sobre sus lomos y quedó patas para arriba.

Entonces Alicia se sintió más tranquila, pues esto era como jugar con un caballo percherón, que resultaba inofensivo, pero de todas maneras peligroso a causa de su tamaño; así que para evitar ser aplastada se volvió a refugiar tras un cedro; el cachorro reinició sus jugueteos con el palito, corriendo hacia delante y hacia atrás y emitiendo roncos ladridos, hasta que al fin se sentó a buena distancia, contento, con la lengua colgante y sus grandes ojos entrecerrados.

Alicia pensó que esta sería una buena oportunidad para escapar, así que salió corriendo lo más rápido que pudo, hasta que, ya muy cansada de su carrera se detuvo un poco, y escuchó que el ladrido del perro se oía muy lejos.

"A pesar de todo, ¡qué bonito y tierno era ese cachorrito!", pensó Alicia, mientras se acostaba sobre una flor de campanilla para descansar y al mismo tiempo se abanicaba con uno de sus pétalos. "Hubiera sido muy bonito enseñarlo a hacer una que otra monada; pero para eso hay que tener el tamaño adecuado. ¡Ay, Dios mío, casi había olvidado que debo hacer algo para volver a crecer! ¿Cómo podré lograr este objetivo?; por lo visto, aquí eso se consigue comiendo o bebiendo ciertas cosas, pero la gran pregunta es ¿qué cosas?

Efectivamente, todo el secreto estaba en el *qué* comer o beber. Alicia pasó la mirada distraída sobre la hierba y las flores que había a su alrededor, pero no se le ocurrió que algo de eso pudiera ser adecuado para comer o beber; aunque cerca de un macizo de flores había una gran seta que tenía más o menos su tamaño, así que se puso a inspeccionarla por abajo y por los lados, hasta que se le ocurrió que también sería interesante observar su parte superior.

Así que se puso de puntillas, y al mirar por encima de la cresta de la seta sus ojos se encontraron con otros que pertenecían a una gran oruga azul, que estaba cómodamente sentada sobre la seta, con los brazos cruzados y fumando tranquilamente de un gran narguile, sin prestar la menos atención a lo que pasaba a su alrededor, incluyendo la presencia de Alicia.

V

El consejo de la oruga

Alicia y la oruga se miraron un rato en silencio; pero finalmente la oruga se quitó la pipa del narguile de la boca y se dirigió a Alicia, con voz lánguida:

—¿Y tú, quién eres?

Podríamos estar de acuerdo en que no es ésta una manera cómoda de iniciar una conversación, así que Alicia, un poco intranquila, contestó:

—Pues mire usted... señora; en estos momentos, ni yo misma lo sé. Claro que sé muy bien quién era cuando me levanté esta mañana, pero desde entonces he cambiado tantas veces que ya no sé qué pensar.

—¡Qué quieres decir con eso? —replicó la oruga con severidad— ¡Explícate con claridad!

—Me temo que no es posible, mi querida señora —dijo Alicia—, porque yo ya no soy la misma.

—No acabo de entender —dijo la oruga.

—Me gustaría poder explicar todo esto con claridad, pero en realidad ni yo misma entiendo qué es lo que pasa; sobre todo es muy desconcertante eso de cambiar varias veces de tamaño en un solo día.

—No es nada extraño —repuso la oruga.

—Bueno, tal vez no lo sea para usted —dijo Alicia—; por lo menos en su vida actual; pero llegará el día en que usted se vuelva crisálida, y más tarde mariposa; entonces se dará cuenta de que las cosas son bastante raras, ¿no le parece?

—No me parece en lo absoluto —dijo la oruga.

—Usted tiene el privilegio de ver las cosas a su manera —replicó Alicia—: pero yo también tengo el derecho de ver todo esto como algo muy raro.

—¿Y quién eres tú? —dijo la oruga en un tono despreciativo, con lo que todo regresó al inicio de la conversación. Alicia se molestó con aquella actitud, así que se puso muy formal y le dijo a la oruga en un tono de gravedad:

—Creo que debería ser usted la que dijera quién es en primer lugar.

—¿Por qué? —dijo la oruga.

Aquella respuesta que era planteada como una pregunta representaba un problema para Alicia, pues no podía encontrar razones para apoyar su postura, además de que la oruga parecía estar cada vez de peor humor, por lo que Alicia decidió dar media vuelta y marcharse.

—¡Vamos, regresa! —gritó la oruga— ¡Tengo algo muy importante que decirte!

Este cambio de actitud satisfizo a Alicia, por lo que ella volvió sobre sus pasos.

—Es preciso que no pierdas la calma —dijo la oruga.

¿Eso es lo que querías decirme? —dijo Alicia, sin ocultar su enojo.

—No —replicó la oruga.

Alicia pensó que podía esperar un rato, pues la verdad era que no tenía nada que hacer; tal vez fuese interesante lo que la oruga tenía que decirle.

Durante un buen rato, la oruga estuvo fumando de su narguile sin decir palabra; pero de pronto separó la pipa de sus labios y comenzó a hablar:

—¿Así que tú crees haber cambiado?

—Estoy segura de ello, mi querida señora —respondió Alicia—; no puedo recordar las cosas como lo hacía antes, además de que mi tamaño cambia a cada rato.

—¿Qué es lo que no puedes recordar? —preguntó la oruga.

—Bueno, muchas cosas; hace rato intenté recitar "¡Ay, el pobre inocente!", y lo que dije fue una cosa muy distinta.

—¿Por qué no intentas recitar "Padre Guillermo" —dijo la oruga.

Alicia cruzó los brazos y comenzó:

Eres muy viejo, padre — dijo el niño — ;
tus cabellos son escasos y grises.
¿No crees que a tu edad es indigno
andar de cabeza y ser un payaso?

Cuando joven — dijo el padre — ,
yo temía que esta postura me dañara el cerebro;
pero como no tengo ni pizca de razón,
ahora hago lo que quiero.

Como ya dije, padre, eres muy viejo,
y te has puesto tan gordo como un globo;
pero dime, ¿por qué cruzas la puerta
con un salto mortal?

De joven — dijo el padre mesándose las canas —
hacía que mis miembros se pusieran flexibles,
no es un producto caro;
puedo venderte algo si tu quieres.

Eres muy viejo y ya tus dientes
no pueden mascar otra cosa que el cebo;
¿cómo pudiste entonces comerte entero
un ganso, sin dejar pico ni huesos?

De joven — dijo el padre — estudié leyes
y siempre litigué con mi mujer,
por eso mis mandíbulas son fuertes
como las de Matusalén.

Como eres tan viejo, nadie podría creer
que tu vista es de lince.
Es muy raro que puedas colocar una anguila
en equilibrio sobre tu nariz; ¿es arte, o magia?

Ya he respondido a tres preguntas,
y con eso bien basta — dijo el padre —.
¡Baja ya esos humos y vete de aquí!
¡Modera ya tus ínfulas, o por la ventana te echaré!

—¡No lo has dicho bien! —observó la oruga.

—No del todo bien, eso me temo —respondió Alicia, con timidez—; creo que la letra cambió un poco.

—¡Está mal de principio a fin! —dijo enfáticamente la oruga, por lo que se abrió un silencio muy incómodo.

Finalmente, fue la oruga la que rompió ese silencio:

—¿Qué altura quisieras tener?

—¡Ah!, bueno; yo no soy muy exigente en cuanto a la altura —dijo Alicia con entusiasmo—, lo que no me gusta es cambiar tan seguido de tamaño, ya sabe usted.

—¡No, yo no sé!

Alicia permaneció en silencio, era grande su desconcierto, pues nunca había platicado con alguien que la contradijera constantemente, por lo que fácilmente perdía la paciencia.

—Pero dime, ¿Estás contenta con tu talla actual? —preguntó la oruga.

—Bueno, si usted no tiene inconveniente, me gustaría ser *un poco* más alta, después de todo siete centímetros es *una birria* de altura.

—¡Pero niña!, ¡esa es una altura perfecta! —dijo la oruga en un tono de reproche, pues ella medía exactamente siete centímetros.

—¡Pero yo no estoy acostumbrada! —replicó Alicia con timidez, y pensó: "Ojalá no fueran tan susceptibles estos bichos."

—Ya te acostumbrarás, es cosa de tiempo —dijo la oruga, y se volvió a colocar la pipa en la boca para fumar de su narguile.

Alicia esperó pacientemente a que la oruga se decidiera a hablar de nuevo.

Pasaron unos cuantos minutos y finalmente la oruga se retiró la pipa de la boca, bostezó un par de veces para desperezarse; después, y con toda lentitud, fue descendiendo de la seta para internarse en la hierba, mientras decía a modo de despedida.

—Un lado te hará más chica y el otro lado te hará más grande.

"¿Un *lado* de *qué*?", pensó Alicia.

—Un lado de la seta —dijo la oruga, como si hubiese escuchado la pregunta, pero de inmediato desapareció.

Alicia se quedó un rato junto a la seta, examinándola y reflexionando en cuáles serían esos dos lados; pero como la seta era perfectamente redonda, no tenía puntos de referencia. Después de pensarlo mucho, se le ocurrió extender los brazos como para abarcar la corola de la seta y con cada mano cortó un pedacito del borde.

"¿Y ahora?", se dijo, y decidió morder un poco del que tenía en la mano derecha. El efecto fue instantáneo y muy impactante, pues antes de sentir algo ya había chocado la barbilla con sus propios pies, por lo que se sintió muy asustada, pues el cambio había sido muy repentino, y además el efecto seguía con mucha rapidez, por lo que no había mucho tiempo que perder, así que rápidamente comió un poco del trozo que tenía en la mano izquierda, lo que no le resultó fácil, pues con los pies pegados a su barbilla apenas podía abrir la boca, pero desplegando su habilidad logró morder un pedacito.

"¡Por fin tengo la cabeza libre!", dijo Alicia, sintiendo un gran alivio, lo que pronto se transformó en alarma, al descubrir que sus hombros simplemente habían desaparecido, pues al mirar hacia abajo solamente veía su cuello, aunque este no parecía el suyo, pues era un apéndice largo que parecía elevarse como una caña desde un lejano seto de hierba en el piso.

"¿Qué podrá ser esa hierba verde? —dijo Alicia—; ¿y qué habrá pasado con mis hombros? ¡Pobrecitas de mis manos!; ¿por qué no puedo verlas? Alicia sentía que podía mover las manos al hablar, pero apenas percibía un ligero movimiento entre las hierbas del suelo cuando suponía que estaba haciendo un ademán.

Era claro que no podía levantar sus manos para llevarlas a la cabeza, por lo que intentó bajar la cabeza hacia las manos, y fue grande su alegría al darse cuenta de que podía doblar el cuello y dirigirlo a donde quisiera, pues éste se comportaba como si fuese una serpiente. Después de practicar un poco logró doblar el cuello en una especie de zig-zag, y estaba a punto de sumergir su cabeza en lo que pensaba que sería la hierba del suelo, pero con gran sorpresa se dio cuenta de que se trataba de las copas de los árboles, bajo los cuales había estado deambulando; entonces un chillido muy agudo hizo que retrocediera precipitadamente, para descubrir que una gran paloma revoloteaba en torno a su rostro, golpeándolo con sus alas.

—¡Serpiente! —chilló la paloma.

—¡Yo no soy una serpiente! —dijo Alicia indignada—¡Por favor déjame en paz!

—¡Para mí que tú sí eres una serpiente! — dijo la paloma, aunque su tono se suavizó en lo que dijo después—: ¡Ya lo he probado todo con las serpientes, pero con ellas nada parece servir!

—No tengo la menor idea de lo que estás hablando —dijo Alicia.

—Ya lo he intentado con las raíces de los árboles, y lo mismo en las riberas que en los setos —siguió diciendo la paloma, sin prestar atención a las palabras de Alicia—; pero parece que a las serpientes no hay manera de darles gusto.

Alicia estaba cada vez más extrañada, pero como la paloma no le hacía el menor caso, pensó que era preferible esperar el momento oportuno para hablar.

—¡Como si el incubar no fuese en sí mismo un trabajo demasiado pesado! —continuó diciendo la paloma—; ¡y encima estar en vigilia de día y de noche por culpa de las serpientes!; ¡hace tres semanas que no pego un ojo!

—Siento mucho que las serpientes le causen tales tribulaciones —dijo Alicia, que ya había entendido la posición de la paloma.

—Ahora resulta que cuando elijo la copa más alta de los árboles —dijo la paloma, alzando la voz hasta emitir una especie de chillido—, justo cuando pensaba que por fin me había liberado de su molesta presencia; ¡he aquí que desciende una, culebreando desde el cielo!..., ¿qué debo hacer ahora?

—Déjame repetirte que yo *no* soy una serpiente! —dijo Alicia ya muy molesta— Yo soy... yo soy una...

—Bueno, ¡decídete!, *qué* es lo que eres... ¡bien se ve que estás tratando de inventar algo!

—Lo que yo soy, bueno; yo soy... *una niña* —dijo Alicia sin mucha convicción, pues recordaba los grandes cambios que había sufrido ese día.

—¡A mí no me gustan los embustes! —dijo la paloma, en un tono de profundo desprecio—. En mi vida yo he visto muchas niñas, ¡y *ninguna* de ellas tenía un cuello como ése! ¡A mí no me puedes engañar!, ¡tú eres una serpiente! ¡Ahora vas a decirme que nunca has probado un huevo!

—¡Claro que sí! —confesó Alicia—; pero tú debes saber que las niñas comen huevos, igual que las serpientes.

—¡Pues yo no creo eso! —dijo altanera la paloma—, y si acaso lo hacen, es que las niñas son parecidas a las serpientes.

Esta idea era muy nueva para Alicia, por lo que permaneció callada unos momentos, lo que aprovechó la paloma para añadir:

—Se ve a leguas que lo que tú estás buscando son huevos; por lo tanto, ¿qué me importa a mí si eres niña o serpiente?

—¡Pues para mí sí que es importante! —dijo Alicia enfáticamente— Puedo asegurarte que yo no estoy buscando huevos, y si así fuera, yo no quería los tuyos, pues no me gustan los huevos de paloma, ¡y mucho menos crudos!

—¡Bueno, pues entonces vete de aquí! —dijo la paloma con furia mientras se colocaba nuevamente en su nido. Alicia curveó su largo cuello para sortear los árboles lo mejor que pudo, pues fácilmente se enredaba entre las ramas, lo que le resultaba muy molesto. Cuando ya se encontraba más cómoda, recordó que aún tenía en las manos los trocitos de hongo y se puso a mordisquear con mucho cuidado de uno y de otro alternativamente, y así fue creciendo y decreciendo paulatinamente, hasta que calculó que ya tenía su estatura normal.

Le pareció muy extraño encontrarse en el tamaño que le correspondía, pues hacía ya tiempo que no lo tenía, pero rápidamente se reacostumbró y entonces, como era común en ella, se puso a hablar sola: "Yo creo que ya se ha realizado la mitad del proyecto. ¡Cómo desconciertan estos continuos cambios! ¡Nunca sé qué pasará después!; por lo menos ya he recuperado mi tamaño, ahora no falta más que volver al hermoso jardín; pero, ¿cómo podré lograrlo?"

Así caminaba y hablaba para sí misma, hasta que alcanzó un claro en el bosque, y en ese pequeño valle había una casita que no medía más de un metro veinte de alto. "Con mi tamaño actual, es impensable que yo llame a la puerta de esa casita para presentarme, ¡se morirían de susto! Así que Alicia comenzó a mordisquear de nuevo el trocito de hongo que portaba en la mano derecha hasta que alcanzó una talla de unos veinticinco centímetros; no fue sino hasta entonces que se atrevió a acercarse a la casita.

VI

Cerdo y pimienta

Alicia se quedó unos minutos observando la casa, sin saber qué hacer a continuación; pero de pronto vio que del bosque salía un personaje que estaba ataviado como un lacayo (por lo menos así lo consideró Alicia, pues iba vestido de librea, pero si se fijaba uno en la cara, el personaje parecía un pez) que llamó repetidamente a la puerta, hasta que ésta se abrió y dentro apareció otro lacayo, pero éste de cara redonda y ojos grandes, con toda la apariencia de una rana. Alicia reparó en que ambos lacayos tenían la cabellera empolvada, y arreglada con grandes bucles que les cubrían toda la cabeza. Alicia sintió mucha curiosidad por saber qué ocurría, y sigilosamente salió del bosque, con objeto de atisbar con mayor eficacia.

El lacayo que parecía pez, sacó una gran carta que llevaba debajo del brazo y se la tendió al de cara de rana, diciendo:

—Esta misiva se la envía la reina a la señora duquesa; se trata de una invitación para jugar al críquet.

El lacayo rana repitió la fórmula con un tono muy solemne, utilizando las mismas palabras, pero en diferente orden: "la reina envía a la señora duquesa una invitación para jugar al críquet."

Después se hicieron una reverencia mutua, tan prolongada que los bucles de ambos amenazaban con enredarse; esto le produjo a Alicia un acceso de risa, por lo que tuvo que correr hacia el bosque para evitar que la descubrieran; cuando se atrevió a volver para observar, ya el lacayo pez se había marchado, pero vio que el otro se encontraba sentado en suelo, junto a la puerta, con la mirada perdida, como absorto en la contemplación del cielo.

Entonces Alicia se acercó tímidamente a la casita y llamó a la puerta

—Es totalmente inútil llamar —dijo el lacayo, que parecía haber salido de su trance—, y ello por dos razones: la primera es que yo me encuentro del mismo lado de la puerta que tú, y la segunda es que dentro de la casa hay tanto ruido que nadie podría escucharte.

Entonces Alicia se percató de que, efectivamente, dentro se escuchaba un gran estrépito: toda clase de aullidos y estornudos, además de fuertes tronidos, como si grandes ollas o ensaladeras se hicieran añicos contra el piso.

—Hágame entonces el favor de decirme qué puedo hacer para entrar —preguntó Alicia con toda corrección.

—Llamar a la puerta no tendría ningún sentido —siguió diciendo el lacayo como para sí mismo—; otro sería el caso si la puerta estuviese entre tú y yo, es decir, si tú estuvieras *dentro* de la casa; podrías llamar, y entonces yo te abriría la puerta para que salieras.

El lacayo parecía muy distraído, mirando hacia el infinito mientras hablaba, lo que Alicia consideró como una grosería de su parte. "Aunque tal vez no pueda evitarlo —pensó—, pues sus ojos están colocados muy alto en su cabeza; ¡pero al menos debería contestar las preguntas!"

—¿Qué se puede hacer entonces para entrar? —dijo Alicia casi gritando.

—Yo voy a permanecer aquí, sentado, hasta mañana —dijo el lacayo; pero en ese momento se abrió la puerta y un plato enorme salió volando, directo hacia la cabeza del lacayo, pero no lo golpeó de lleno, sino que apenas le rozó la nariz y fue a estrellarse contra un árbol.

—..., o hasta pasado mañana, tal vez —siguió diciendo el lacayo, como si no hubiera pasado nada.

—Y yo —dijo Alicia, levantando la voz—: ¿Cómo podré entrar?

—¿Realmente vas a entrar? —dijo el lacayo—, esa es la pregunta esencial.

Y por supuesto que eso era lo esencial, pero a Alicia le molestó que se lo dijera. "Es en verdad horrible ese tipo de razonamiento que tienen estas criaturas, ¡es para volverse loca!

Entonces el lacayo se puso a repetir con ciertos cambios, lo mismo que había dicho anteriormente:

—Aquí estaré sentado, a ratos, durante días y días.

—Pero yo, ¿qué voy a hacer? —dijo Alicia.

—Tú puedes hacer lo que te dé la gana, dijo el lacayo, y se puso a silbar alegremente.

—¡Este sujeto es un idiota!, ¡no vale la pena hablar con él! —dijo Alicia, muy molesta. Y sin pensarlo dos veces abrió la puerta y entró en la casa.

Se encontró en un pasillo que conducía a una cocina llena de humo, y ahí estaba la duquesa, sentada en el centro, sobre un pequeño banco de tres patas y meciendo a un bebé. La cocinera se encontraba inclinada sobre el fogón y revolvía un gran caldero que al parecer contenía un potaje.

—Me parece que este guiso tiene demasiada pimienta —se dijo Alicia, pues no paraba de estornudar. Y sin duda había mucha pimienta en el aire, pues también la duquesa estornudaba constantemente, lo mismo que el bebé, quien no

solamente estornudaba, sino que también berreaba; las dos únicas criaturas que no estornudaban
eran la cocinera y un enorme gato que estaba sentado frente al caldero y que sonreía de oreja a oreja.

—Por favor —dijo Alicia con cierta timidez,
pues no estaba segura de que fuese lo correcto que
hablara ella primero—, ¿podría decirme por qué
sonríe su gato?

—¡Este es nada menos que un gato de
Cheshire! —dijo la duquesa, y esa es precisamente la razón por la que sonríe… ¡Cerdo!

La duquesa puso tal énfasis en la palabra "cerdo", que Alicia tuvo un sobresalto, pero de inmediato se dio cuenta de que el epíteto iba dirigido al bebé y no a ella, por lo que se animó a seguir hablando:

—Yo no sabía que a los gatos de Cheshire les gustara tanto sonreír, ni siquiera que *pudieran* sonreír.

—¡Sí que pueden! —dijo la duquesa—, y casi todos practican la sonrisa.

—Yo no sabía de ningún gato que pudiese sonreír —reiteró Alicia con mucha cortesía, satisfecha por haber podido entablar una conversación.

—Si hemos de atender a la verdad —dijo la duquesa—, hay muchas cosas que tú no sabes.

Alicia se sintió ofendida por esa observación y pensó que sería preferible cambiar de tema, buscando en su interior otro que pudiera ser más adecuado; mientras tanto la cocinera retiró del fuego el caldero del potaje, y después se puso a arrojar toda clase de objetos contra la duquesa y el bebé, comenzó con los atizadores de la chimenea, y luego siguió con las ollas, las fuentes y los platos. A la duquesa parecía no importarle aquella agresión y ni siquiera se inmutaba cuando algún proyectil la alcanzaba; el niño seguía berreando igual que antes, por lo que no se sabía si había sido golpeado o no.

—¡Por favor, tenga cuidado! —gritó Alicia, llena de miedo—, ¡cuidado con su nariz! —exclamó, al ver que una olla volaba muy cerca de la nariz del niño, pues se trataba de una olla tan pesada que fácilmente se la hubiese arrancado.

—Si cada cual se ocupara de sus propios asuntos —dijo la duquesa con voz de gruñido— el mundo giraría más rápido de lo que va.

—Seguramente eso *no* sería una ventaja —dijo Alicia, orgullosa de mostrar su agudeza y sus conocimientos—; piense en el problema que se iba a acusar con el día y la noche; como todo mundo sabe, la tierra tarda veinticuatro horas en dar vuelta sobre su propio *eje*.

—Pues ya que hablamos de *ejecución* —dijo la duquesa— ¡Qué le corten la cabeza!

Alicia se sintió aterrada y miró ansiosamente hacia la cocinera, pera ver su disposición a cumplir esa orden; pero ella estaba muy ocupada moviendo el caldero, por lo que Alicia se tranquilizó y siguió con su discurso:

—Bueno, no estoy muy segura de que sean veinticuatro horas…, ¿o son doce?

—¡Deja ya esas cosas! —gritó la duquesa— ¡Yo no soporto los números.

Entonces se puso a mecer al niño, cantándole algo que parecía una canción de cuna, pero sacudiéndolo con violencia al terminar cada estrofa:

> *Este niño merece un buen palo,*
>
> *y si estornuda, ¡hay que darle duro!,*
>
> *pues a él le gusta ser malo,*
>
> *y remolón de seguro.*

(aquí entra el coro en el que participaban
la cocinera y el propio niño)

¡Uh! ¡Uh! ¡Uh!

La duquesa siguió zarandeando con gran fuerza al niño mientras cantaba la segunda estrofa, pero el pobre berreaba con tal intensidad que Alicia apenas pudo distinguir las palabras del canto:

> *Con dureza hablo a mi niño,*
>
> *y si estornuda le pego;*
>
> *y después le doy pimienta*
>
> *que él recibe con cariño.*

¡Uh! ¡Uh! ¡Uh!

—Si quieres puedes mecerlo un poco —dijo de pronto la duquesa y lanzó el bebé en dirección de Alicia—. Yo tengo que arreglarme, pues tengo un juego de críquet con la reina —entonces salió corriendo de la cocina; la cocinera le lanzó una sartén, pero sin acertar en el blanco.

Alicia tomó al niño, pero con cierta dificultad, porque éste tenía una forma muy extraña y agitaba brazos y piernas en varias direcciones —como hacen las estrellas de mar, pensó Alicia—, además de que el bebé resoplaba como si fuera una locomotora y se retorcía con tal vigor que se volvía muy difícil el sostenerlo.

Cuando encontró por fin la manera de abrazarlo y mecerlo un poco (lo que no era una operación fácil, pues había que asirlo con fuerza de la oreja derecha, lo mismo que de la pata izquierda, para frenar un poco sus convulsiones y evitar que se cayera), así lo sacó al aire libre, pensando que si ella no lo cuidaba, los de la casa terminarían por matarlo. "¡Son unos criminales!", farfulló Alicia, a lo cual respondió el niño con una especie de gruñido (afortunadamente ya había dejado de estornudar).

—¡Por favor no gruñas! —dijo Alicia—Esa no es una forma correcta de expresarse.

El niño pareció no hacer el menor caso y volvió a gruñir, lo que alarmó a Alicia, quien se puso a observarlo para descubrir qué le pasaba. La cosa era muy clara, la nariz del niño era demasiado respingada, mucho más parecida a un hocico que a la nariz de un niño normal, además de sus ojos, que eran demasiado pequeños, impropios de un bebé. Para Alicia, el aspecto del niño no era nada agradable. "Tal vez no fue más que un lloriqueo un poco raro", pensaba, y se fijó en sus ojos, para ver si aparecía alguna lágrima... pero no, lágrimas no había.

—Si acaso vas a convertirte en cerdo, mi pequeño —dijo Alicia con toda seriedad—, mejor piénsalo dos veces, porque entonces yo no te voy a querer.

La pobre criatura emitió un ruido que parecía un sollozo, o un sordo gruñido, que de ambas maneras podía interpretarse; después ambos permanecieron en silencio un rato.

Alicia comenzó a pensar qué haría con el bebé si lo llevaba a su casa, cuando escuchó un gruñido tan violento que le produjo alarma, por lo que volvió a examinar detenidamente el rostro del bebé; ahora sí que no podría equivocarse, éste era precisamente un cerdito, por lo que a ella le

pareció que era absurdo seguirlo teniendo en brazos, así que lo depositó en el suelo y se sintió
bastante aliviada cuando vio que él corría alegremente y se internaba en el bosque.

"Si hubiera crecido así — pensó— hubiera llegado a ser un niño muy feo, en cambio, como
cerdito, creo que puede llegar a ser bastante gua-
po." Entonces se puso a recordar a ciertos niños
que conocía y se le ocurrió que estarían mejor
como cerditos, "en caso de que se tuviera el

método adecuado para su transformación". Entonces se dio cuenta de algo que la asustó un poco, pues el gato de Cheshire se encontraba muy cerca de ella, subido en la rama de un árbol.

El gato vio a Alicia y de inmediato se puso a sonreír. "Parece que es muy amigable y está muy contento —pensó Alicia— pero tiene una garras muy largas y muchísimos dientes afilados, por lo que será mejor tratarlo con mucho respeto".

—Minino de Cheshire —comenzó diciendo, pues no sabía por qué nombre referirse a él; pero al gato pareció gustarle, pues su sonrisa se volvió más franca— "¡Pues de momento parece satisfecho —pensó Alicia—, así que siguió adelante:

—Podrías decirme, por favor, cómo hago para salir de aquí, ¿qué camino debo tomar?

—Eso depende del lugar al que quieras ir —respondió el gato.

—La verdad es que me da igual —dijo Alicia.

—Entonces da lo mismo cualquier camino que sigas —dijo el gato.

—Bueno, siempre que llegue a alguna parte —dijo Alicia.

—¡Ah!, eso es seguro que suceda, si es que caminas lo suficiente.

Alicia entendió que ese argumento no podía ser rebatido, por lo que decidió cambiar de tema:

—¿Cómo es la gente que vive por aquí?

—En esa dirección —dijo el gato, señalando con la pata derecha— vive un *sombrerero* , y por ese lado —hizo una seña con la pata izquierda— vive la *Liebre de Marzo*. Puedes visitar a cualquiera de los dos, ambos están locos.

—Pero yo no quiero visitar a los locos —reclamó Alicia.

—¡Ah!, eso no podrás evitarlo —dijo el gato—, pues aquí todos estamos locos; yo estoy loco, y tú también estás loca.

—¿Por qué dices que yo estoy loca? —dijo Alicia.

—Si no estuvieras loca —dijo el gato—, no estarías aquí.

Alicia pensó que el hecho de encontrarse ahí no era prueba de locura, por lo que preguntó:

—Y tú, ¿cómo sabes que estás loco?

—Bueno, en principio, los perros no están locos, ¿verdad?

—Supongo que tienes razón —dijo Alicia.

—Bueno —siguió diciendo el gato—, pues te habrás dado cuenta de que un perro gruñe cuando está enojado y mueve la cola cuando está contento; pues resulta que yo gruño cuando

estoy contento y muevo la cola cuando estoy enojado, eso prueba que estoy loco.

—Pero a eso que hacen los gatos se le llama
ronronear, no gruñir —corrigió Alicia.

—¡Llámalo como quieras! —dijo el gato—Por
cierto, ¿vas a jugar críquet con la reina hoy?

—Me encantaría —dijo Alicia—, pero la verdad es que no he sido invitada.

—¡Pues allá me verás!—dijo el gato, y desapareció.

El desvanecimiento del gato no sorprendió
demasiado a Alicia, pues ya se estaba acostum-
brando a que sucedieran cosas raras en estos
lugares; pero todavía tenía su vista en el lugar

donde había estado el gato, cuando sorpre-
sivamente reapareció.

—Casi me olvido de preguntarte —dijo el
gato—, ¿qué pasó con el niño?

—Se volvió cerdito —dijo Alicia con toda
naturalidad.

—¡Me lo había imaginado! —dijo el gato, y
volvió a desaparecer.

Alicia esperó un rato, pues tenía la esperanza de que volviera a aparecer, pero eso no sucedió,
por lo que ella decidió encaminarse hacia donde
el gato le había señalado que vivía la Liebre de
Marzo, pues pensaba que los sombrereros eran
gente de lo más común, en cambio una "liebre de
marzo" podía ser mucho más interesante, y como
estaban en mayo, pensó que tal vez no estaría tan
loca como los demás; "al menos no tal loca como lo
estaría en marzo", pensaba, y al mismo tiempo
miró hacia arriba y se dio cuenta de que ahí estaba
de nuevo el gato, trepado en la rama de un árbol.

—No entendí bien si dijiste *cerdito* o *lerdito* —
preguntó el gato.

—Dije *cerdo* —respondió Alicia—; y a ver si
dejas de aparecer y desaparecer por todos lados,
¡es un fastidio!

—Está bien —dijo el gato—, pero esta vez se fue esfumando lentamente, comenzando con la punta de la cola y terminando con la sonrisa, que permaneció unos instantes como suspendida en el aire hasta que también se desvaneció

—¡Vaya! —exclamó Alicia—, ya no me sorprende ver un gato que sonríe, ¡pero ver una sonrisa sin gato!, es una de las cosas más raras que he visto en mi vida.

Después de un rato, divisó la casa de la liebre de marzo; bien supo que era la casa de ella porque tenía dos chimeneas en forma de orejas y el tejado estaba cubierto de piel; pero era una casa muy grande, por lo que se le ocurrió que sería conveniente mordisquear otro pedacito de la seta que procedía de la mano izquierda, por lo que creció hasta unos sesenta centímetros de altura. A pesar de que ya se encontraba crecido, tomó sus precauciones para acercarse a la casa, pues pensaba que era posible que la liebre estuviera loca de atar. "¿No hubiera sido preferible visitar al sombrerero?"

VII

Una cena de locos

Delante de la casa había un árbol frondoso, y debajo de ese árbol había una mesa bien puesta, frente a la que se encontraban instalados la Liebre de Marzo y el Sombrerero, quienes se encontraban en amigable tertulia, tomando el té. Entre ellos estaba un lirón profundamente dormido; ambos apoyaban sus codos en él, como si fuera un cojín, y se miraban por encima de su cabeza.

Alicia pensó que aquello era muy incómodo para el Lirón; "aunque, como está dormido —se dijo—, lo más probable es que no se entere".

La mesa era muy grande, pero los tres se apretujaban en un extremo. Cuando vieron llegar a Alicia, ambos exclamaron:

—¡No hay lugar!, ¡ya no hay lugar!

—¡Pero cómo! —dijo Alicia indignada—, ¡si lo que *sobra* es el espacio!; y sin esperar respuesta se sentó en un sillón en un extremo de la mesa.

—Sírvete algo de vino —le dijo la Liebre de Marzo, en un tono de amable invitación.

Alicia buscó el vino, pero sobre la mesa no había otra cosa sino té.

—¡No veo ningún vino! —dijo Alicia, desconcertada.

—No, vino no hay —dijo la liebre con toda naturalidad.

—Pues es una descortesía de su parte el ofrecer algo que no hay —dijo Alicia, con mucha frialdad.

—Pues también lo es de tu parte el sentarte en una mesa a donde no has sido invitada —respondió la Liebre de Marzo.

—Yo no pensé que la mesa fuese de su *propiedad* —respondió Alicia—, además de que está puesta para más de tres personas.

—Lo que tú necesitas es un buen corte de pelo —dijo el Sombrerero, quien había estado observando a Alicia con gran detenimiento.

—¡Y usted debería aprender a no hacer esa clase de comentarios! —dijo Alicia, mostrándose muy molesta—, ¡eso es una falta de respeto!

Entonces el Sombrerero abrió desmesuradamente los ojos, e hizo el siguiente comentario:

—¿En qué se parece un cuervo a un escritorio?

"¡Vaya!, pues parece que ya empezamos con las adivinanzas! —pensó Alicia—; eso está muy bien, es un bonito juego, a mí me gustan los acertijos". Entonces dijo en voz alta:

—Creo que sé de lo que se trata.

—¿Quieres decir que tienes la solución? —dijo la Liebre de Marzo.

—Así es —dijo Alicia.

—Es necesario que digas lo que piensas.

—Eso es precisamente lo que estoy haciendo —respondió Alicia—, o al menos pienso lo que digo, que es lo mismo, ¿no?

—¡De ningún modo! —dijo el Sombrerero— Puestas las cosas así, también podrías decir "veo lo que como", como si fuera lo mismo que "como lo que veo".

—Y también podrías decir —dijo ahora la Liebre de Marzo—: "me gusta lo que tengo", como si fuera lo mismo que "tengo lo que me gusta."

—Y también podría decir —dijo el Lirón como en sueños— que "respiro cuando duermo" es lo mismo que "duermo cuando respiro."

—Bueno, tratándose de ti, es la misma cosa —dijo el Sombrerero, y con ello cesó la abigarrada conversación. Entonces el grupo permaneció un rato callado, mientras Alicia pasaba revista a todo cuanto podía recordar sobre cuervos y escritorios, que desde luego no era gran cosa.

Finalmente, habló el Sombrerero:

—¿Qué día del mes es hoy? —se dirigió a Alicia mientras sacaba del bolsillo el reloj y lo miraba con inquietud, agitándolo continuamente y llevándoselo al oído.

Alicia reflexionó un rato y dijo:

—Es día cuatro.

—¡Dos días de retraso! —dijo el Sombrerero en un suspiro— ¡Recuerda que te dije que la mantequilla y la maquinaria no se llevan! —dijo con severidad, dirigiéndose a la Liebre de Marzo.

—¡Pero era mantequilla de la mejor calidad! —replicó la liebre.

—¡Pues seguramente tendría algunas migajas dentro! —dijo el Sombrerero con un gruñido— fue muy imprudente de tu parte el ponerla junto con el cuchillo del pan.

Entonces la Liebre de Marzo tomó el reloj, y mirándolo con tristeza, luego lo sumergió en su taza de té, pero no se le ocurrió cosa mejor que repetir su primera observación:

—Era mantequilla de la mejor calidad, y tú lo sabes.

Alicia había seguido la escena, mirando de puntillas con gran curiosidad.

—¡Es un reloj muy curioso! —dijo Alicia— Da solamente el día del mes y no la hora.

—¡Y qué! —replicó el Sombrerero— ¿Acaso tú tienes un reloj que dice el año?

—¡Claro que no! —replicó Alicia—, eso no tendría sentido, pues un año dura mucho tiempo.

—Dime exactamente qué es lo que pasa con mi reloj —dijo el Sombrerero.

Alicia se quedó desconcertada, pues no entendía en absoluto la pregunta del Sombrerero, aunque de alguna manera sentía que era correcta.

—No acabo de entender —dijo con toda cortesía.

—Pues sucede que el Lirón se ha vuelto a dormir —dijo el Sombrerero, y derramó un poco de té caliente sobre la nariz del Lirón, quien sacudió la cabeza, aunque no abrió los ojos, pero dijo:

—¡Pero claro, eso es justo lo que iba a decir yo!

—¿Todavía no logras resolver el acertijo? —dijo el Sombrerero, dirigiéndose a Alicia.

—No, la verdad es que no encuentro la solución, ¡mejor me rindo!

—Yo no tengo la menor idea de cuál sea la solución —dijo el Sombrerero.

—¡Y yo menos! —dijo la Liebre de Marzo.

Alicia no supo qué contestar y simplemente suspiró con aburrimiento, pero finalmente se decidió a decir:

—Creo que podrían emplear mejor su tiempo, y no perderlo en acertijos sin solución.

—Si conocieras el tiempo como lo conozco yo —dijo el Sombrerero—, no te referirías a él como *emplearlo* o *perderlo*. El tiempo es muy *suyo*.

—No entiendo lo que quiere decir —dijo Alicia.

—¡Pues claro que no! —dijo el Sombrerero, con un tono arrogante— me atrevería a decir que ni siquiera le has dirigido la palabra.

—Bueno, creo que no —replicó Alicia con prudencia—¡aunque en las clases de música me enseñaban a marcar los tiempos!

—¡Ah!, pues ahí está el problema —dijo el Sombrerero—, el tiempo no soporta que lo marquen ni que lo clasifiquen, pero si estuvieras en buenas relaciones con él, podrías hacer lo que quisieras con el reloj; por ejemplo, imagínate que marca las ocho de la mañana y es la hora de comenzar tus lecciones en la escuela, pues bastaría girar las manecillas un poco y ya sería la una y media ¡hora de comer!

"¡Ojalá eso fuera verdad!, dijo la Liebre de Marzo para sus adentros."

—Eso sería maravilloso —dijo Alicia en tono reflexivo—; pero entonces yo no tendría hambre.

—Bueno, por supuesto que al principio no tendrías hambre —dijo el Sombrerero— pero podrías quedarte en la misma hora hasta que tuvieras hambre.

—¿Es así como usted maneja el tiempo? —preguntó Alicia.

—En realidad no —respondió el Sombrerero con un dejo de tristeza— Fue precisamente por eso que nos peleamos el pasado marzo, antes de que *ésta* se volviera loca —dijo, señalando con la cucharilla a la Liebre de Marzo—. Aquello ocurrió en el gran concierto que ofreció la *Reina de Corazones*; en aquella ocasión a mí me tocaba cantar:

¡Ven y lúcete vampiro!
¡Cuál será tu alado giro!

—Seguramente tú conoces esa canción.

—Bueno, no estoy segura, pero algo me suena —dijo Alicia, para salir del paso.

—Tal vez recuerdes que continúa así:

Sobre el mundo, que en su vuelo

salva el té que está en el cielo.

Titila, titila y luce.

El Sombrerero estaba embelesado con su propio canto, y siguió diciendo las estrofas como en sueños: "titila, titila y luce"..., hasta que la Liebre de Marzo lo hizo callar con un pellizco.

—Recuerdo aquella memorable ocasión —siguió diciendo el Sombrerero—: apenas había entonado la primera estrofa cuando la reina se puso a gritar: "¡Está matando el tiempo! ¡Que le corten la cabeza!".

—¡Qué horror! —exclamó Alicia.

—Y desde entonces —siguió el Sombrerero, con tono amargo— el tiempo parece estar siempre en mi contra, pues para mí son siempre las seis.

Entonces Alicia concibió una brillante idea:

—¿Es por eso que hay tanto servicio de té sobre esta mesa?

—Así es —dijo el Sombrerero con un suspiro—, para nosotros siempre es la hora del té, y no tenemos tiempo siquiera para lavar los platos.

—Supongo entonces —dijo Alicia con agudeza—, que en esta mesa tan grande ustedes van cambiando de sitio de un rato al otro.

—Así es —dijo el Sombrerero—, nos movemos cuando se ensucian las tazas.

—Pero, ¿qué ocurre cuando llegan otra vez al principio? —preguntó Alicia.

—Yo prefiero que cambiemos de tema —interrumpió la Liebre de Marzo—, pues estas cosas ya me tienen harta; propongo que esta niña nos cuente un cuento.

—La verdad es que no me sé ningún cuento —dijo Alicia, asustada por la propuesta.

—Entonces, ¡qué sea el Lirón el que lo cuente! —dijeron los dos compañeros a coro— ¡Vamos, Lirón, despierta! —le gritaron, pellizcándolo al mismo tiempo.

El Lirón pareció desperezarse y abrió los ojos con mucha lentitud.

—No estaba durmiendo profundamente —dijo con voz ronca—, estuve escuchando todo lo que han dicho ustedes.

—¡Queremos que nos cuentes un cuento! —dijo la Liebre de Marzo.

—¡Sí, por favor! —dijo Alicia, uniéndose a la petición.

—Pero procura que sea rápido —dijo el Sombrerero—, o te dormirás nuevamente antes de terminarlo.

—Bueno, pues han de saber que había una vez tres hermanitas —comenzó a narrar el Lirón— que tenían por nombres Elsie, Lasie y Tillie, y todas ellas vivían en el fondo de un pozo.

—¿Y de qué vivían —dijo Alicia, que siempre se interesaba en la alimentación.

Después de pensarlo unos minutos, dijo el Lirón:

—Vivían de maleza.

—¡Yo no puedo creer eso! —objetó Alicia—, no se puede vivir de pasto, ¡se habrían enfermado!

—Y así fue —dijo el Lirón—, se pusieron malísimas.

Alicia intentó imaginarse cómo sería esa extraña manera de vivir, pero el tema de la alimentación la angustiaba un poco, por lo que prefirió cambiarlo.

—¿Por qué vivían en el fondo de un pozo?

—¿Quieres tomar un poquito más de té? —le dijo a Alicia la Liebre de Marzo.

—¡Pero si todavía no he tomado nada! —dijo Alicia en un tono de reproche—; ¿cómo podría tomar *más* de lo que no he tomado nada?

—Seguramente quieres decir que no puedes tomar *menos* —dijo el Sombrerero—; es más fácil tomar *más* de algo que no tomar nada.

—A usted nadie le ha pedido su opinión —dijo Alicia.

—¡Miren quién está haciendo observaciones personales ahora! —dijo triunfalmente el Sombrerero.

Alicia no encontró la manera de responder a esos planteamientos tan complicados, así que prefirió servirse un poco de té y pan con mantequilla, pero le repitió su pregunta al Lirón:

—¿Por qué vivían en el fondo de un pozo?

El Lirón se tomó un largo rato para meditar acerca de esa pregunta y finalmente dijo:

—Es que era un pozo de melaza.

—¡No existen pozos de melaza! —replicó Alicia, bastante molesta, pero tanto el Sombrerero como la Liebre de Marzo la callaron a silbidos, y el Lirón le dijo en un tono malhumorado:

—¡Si no eres capaz de comportarte, es preferible que seas tú la que cuente el cuento!

—¡No, por favor, continúa! —le suplicó Alicia, con humildad— Te prometo no interrumpir más, y ahora hasta me parece que podría existir un pozo de melaza.

—¡Podría existir! —dijo el Lirón con indignación, pero se dispuso a continuar su cuento.

—Y estas tres hermanitas aprendían en sus lecciones extra…

—¿*Extra* a qué? —interrumpió Alicia, olvidando su compromiso.

—… a *extraer* melaza —dijo el Lirón.

—Yo quiero una taza limpia —dijo el Sombrerero—; además es conveniente que nos cambiemos de lugar.

Al decir esto, el Sombrerero ya se cambiaba de sitio en la mesa, y el lirón hizo lo mismo, la Liebre de Marzo ocupó el lugar del Lirón y Alicia, de mala gana, ocupó el lugar de la Liebre. El más beneficiado con estos cambios fue el Sombrerero, y para Alicia fue una mala colocación, pues la Liebre había volcado la leche sobre su plato.

Alicia no quería ofender al Lirón, por lo que dijo con prudencia:

—No entiendo bien, ¿de dónde sacaban la melaza?

—¿De dónde se saca el petróleo?, ¡pues de un pozo de petróleo! —dijo sarcásticamente el Sombrerero—; es de suponerse, entonces, que de un pozo de melaza se extrae la melaza. ¿Te parece comprensible ahora, tontita?

—¿Pero cómo podían sacar ellas la melaza, si se encontraban hundidas en ella? —replicó Alicia, sin hacer caso de los insultos del Sombrerero.

—¡Pues sí que estaban bien hundidas!, y con todo su *gozo en el pozo..*

Esta respuesta produjo una mayor confusión en la pobre Alicia, por lo que prefirió guardar silencio y permitir que el Lirón continuara con su relato sin ser interrumpido.

—Y por cierto, ellas tomaban clases de dibujo —siguió diciendo el Lirón, bostezando y frotándose los ojos, pues seguía teniendo mucho sueño—, y dibujaban toda clase de cosas, sobre todo aquellas que empezaban con M.

—¿Y por qué con M? —preguntó Alicia.

—¿Y por qué no? —dijo abruptamente la Liebre de Marzo.

El Lirón ya no soportaba más y había cerrado los ojos, comenzando a dormitar, pero el Sombrerero lo despertó con muchos pellizcos, por lo que emitió un chillido y siguió su relato:

—Sí, cosas que empiezan con M, como *Musaraña*, *Mundo*, *Memoria*, *Magnitud*…, de muchas cosas se dice que son *de la misma magnitud*, pero ¿quién ha visto que se dibuje una magnitud?

—Bueno, ahora que lo dices —dijo Alicia muy desconcertada—, no, creo que…, no pienso…

—Pues si no piensas es preferible que no hables —dijo el Sombrerero.

Ya era demasiada la grosería del Sombrerero, por lo que Alicia ya no lo pudo tolerar, así
que se levantó bruscamente y se marchó. Al
ver que ella se iba, el Lirón cayó dormido, y los
otros parecieron ser totalmente indiferentes, aunque Alicia volvió la mirada algunas veces con la
esperanza de ser llamada por ellos; la última vez
que los vio estaban muy ocupados tratando de
meter al Lirón dentro de la tetera.

"¡No me importa!, de todas maneras yo no
quisiera volver ahí nunca más —pensó Alicia, y
siguió caminando en busca de un camino para
salir del bosque—; ¡es la tertulia de té más desagradable de mi vida!" Entonces delante de sus
ojos se presentó algo muy curioso, pues uno de
los árboles tenía una puertecita que, aparentemente, conducía a su interior; "¡qué cosa tan extraña!
—pensó—; pero aquí todo es así de raro, así que
lo mejor será entrar."

Al traspasar la puerta le pareció que aquello
era conocido, y efectivamente, pues se encontraba en la gran sala donde había estado antes, cerca
de la mesita de cristal. "A ver si ahora me va mejor" —pensó— y tomó la llavecita de oro con la
intención de abrir la puerta que conducía al jardín, después mordió un pedacito de la seta que

correspondía al decrecimiento, hasta que llegó a una altura de unos treinta centímetros; entonces pudo atravesar el pequeño corredor, hasta que, por fin, se encontró en el delicioso jardín de sus sueños, entre los setos de brillantes flores y la frescura de las fuentes.

VIII

El críquet de la reina

A la entrada del jardín se encontraba un enorme rosal, cuyas rosas eran originalmente blancas, pero había tres jardineros que estaban ocupados en pintarlas de rojo. Alicia pensó que esto era muy raro, por lo que se acercó para ver mejor y entonces escuchó lo que decían:

—¡Pon más atención en lo que haces, *cinco*, me estás salpicando de pintura!

—Discúlpame, fue sin querer —dijo cinco, en un tono malhumorado—; fue culpa de *siete* que me dio un codazo

Al oír esto, siete dejó lo que estaba haciendo y dijo:

—¡Vaya, tú como siempre, echándole la culpa a los demás!

—¡Es mejor que te calles!, —dijo cinco—; apenas ayer dijo la reina que merecías ser decapitado.

—¿Y por qué razón? —dijo el primero que había hablado.

—Eso no te incumbe, *dos* —dijo siete.

—¡Pues sí que le incumbe! —dijo cinco airadamente—Y yo le voy a explicar qué fue lo que pasó: él le llevó a la cocinera bulbos de tulipán en vez de cebollas.

Siete arrojó su pincel al piso, y comenzó a decir: "De todas las injusticias…", pero entonces se dio cuenta de la presencia de Alicia, quien llevaba un buen rato parada delante de ellos, observándolos sin decir nada; los demás la miraron con desconcierto, pero terminaron por hacerle una caravana en señal de saludo.

—Por favor —dijo Alicia—, ¿Podrían decirme por qué están pintando las rosas?

Cinco y siete no dijeron nada, pero volvieron la mirada hacia dos; él comenzó a hablar en voz baja:

—Bueno, señorita, sucede que estaba planeado que en este lugar debía estar un rosal de rosas rojas, pero nosotros plantamos una blanco por equivocación. El asunto es tan grave que si nos descubre la reina mandaría que nos cortaran la cabeza. Así que ya ve usted, señorita, nosotros estamos haciendo lo conveniente, entes de que venga la reina, para...

Entonces, cinco, quien hacía de vigía, se puso a gritar: "¡La reina!, ¡ya viene la reina!" De inmediato los tres jardineros, que eran bastante planos, se echaron al suelo boca abajo, mientras ya se escuchaba cercano el sonido de muchos pasos, y Alicia recorrió todo el entorno con la vista, ansiosa por conocer a la reina.

Lo primero que apareció fueron diez soldados, armados con bastos; ellos tenían la misma forma que los jardineros, pues eran planos y rectangulares, sus manos y sus pies se encontraban en los ángulos; enseguida venían diez cortesanos, caminando por parejas y adornados con diamantes, después seguían los infantes, que también eran diez y también venían en parejas, pero tomados de la mano y saltando alegremente; ellos estaban adornados de corazones. Después venían todos los invitados, la mayoría de ellos eran reyes y reinas, pero en el séquito Alicia vio al Conejo Blanco, quien venía hablando constantemente, con gestos de gran nerviosismo y sonriendo por todos lados; sin embargo, al estar junto a Alicia pareció no reconocerla, pues pasó de largo sin inmutarse. Después venía la Sota de Corazones, que llevaba la corona del rey sobre un cojín de terciopelo carmesí, por fin, cerrando la comitiva, venían el Rey y la Reina de Corazones.

Alicia no sabía si era conveniente tenderse boca abajo, como habían hecho los jardineros, pero nunca había oído hablar del protocolo para estos casos y no sabía si aquello era obligatorio; además pensaba que un desfile de esa categoría no tendría sentido si todo mundo se echa boca abajo, pues entonces nadie podría ver nada, así que se mantuvo en su postura.

Cuando el cortejo llegó al lugar en el que se encontraba Alicia, todo mundo se detuvo para mirarla, y la reina dijo severamente:

— ¿Quién es ésta?

La Sota de Corazones pareció decirle de quién se trataba, pero la reina pareció molesta por sus explicaciones.

—¡Idiota! —dijo la reina sacudiendo la cabeza, pero un momento más tarde se dirigió a Alicia:

—¿Cuál es tu nombre, niña?

—Me llamo Alicia, su majestad —dijo ella con la mayor cortesía, pero en su interior se decía:

"¡Pero si no son más que una baraja de naipes!..., no hay por qué tenerles miedo.

— ¿Y quiénes son éstos! — dijo la reina, señalando a los tres jardineros que seguían echados al pie del rosal; como ellos estaban boca abajo, el diseño de sus cuerpos era el mismo del resto de la baraja, por lo que la reina no podía saber si eran jardineros, o soldados, o cortesanos, o tal vez tres de sus propios hijos.

— ¿Por qué habría de saberlo yo? — respondió Alicia, sorprendida ella misma de su atrevimiento— No es asunto mío.

El rostro de la reina se encendió de ira, y lanzando una mirada feroz a su alrededor, comenzó a gritar:

— ¡Que le corten la cabeza! ¡Que le corten...!

— Eso es completamente absurdo — dijo Alicia en un tono fuerte, y tan decidido que la misma reina calló. Entonces el rey la tomó del brazo y le dijo al oído:

— ¡Piénsalo bien, querida, mira que es sólo una niña!

La reina hizo a un lado a su consorte y ordenó a la Sota:

— ¡Dales la vuelta!

De inmediato la Sota obedeció, volteando a los jardineros con el pie.

—¡Vamos, de pie! —ordenó la reina con voz estridente, los jardineros se incorporaron de inmediato y comenzaron a hacer reverencias a la reina, al rey, a los infantes y a todo el séquito.

—¡Basta ya! —gritó la reina, que me *producís* mareos.

Y volviéndose hacia donde estaba el rosal, agregó:

—¿Qué *estabais* haciendo aquí?

—Con el permiso de Su Majestad —dijo dos, postrado de rodillas, estábamos intentando...

—¡Ah, ya veo! —interrumpió la reina, que había observado las rosas— ¡Qué les corten la cabeza!

El cortejo siguió avanzando, mientras tres soldados se quedaron en el sitio para ejecutar la sentencia de la reina; entonces los desgraciados jardineros corrieron hacia donde estaba Alicia para solicitar su protección.

¡No dejaré que los decapiten! —dijo Alicia enfáticamente, y los metió en una gran maceta; entonces los soldados estuvieron buscándolos de un lado a otro por un buen rato, hasta que se cansaron y se marcharon tras el cortejo.

—¿Les cortaron la cabeza? —gritó la reina a los soldados cuando los vio llegar.

—¡No ha quedado ni rastro! —respondieron los soldados.

—¡Perfecto! —dijo la reina complacida—; ¿sabes jugar al críquet?

Los soldados se miraron unos a otros, desconcertados, pero rápidamente se dieron cuenta de que la pregunta iba dirigida a Alicia.

—¡Sí! —gritó Alicia.

—Bueno, pues no perdamos tiempo —dijo la reina, y Alicia se unió al cortejo, inquieta por lo que pudiera pasar después.

—Hace…, digo…, ¡hace un día muy bonito! —dijo con timidez el Conejo Blanco, quien caminaba al lado de Alicia y la miraba con humildad.

—Sí, muy bonito —dijo Alicia—; y, por cierto, ¿dónde está la duquesa?

—¡Chst, chst! —le silbó discretamente el Conejo, mostrándose temeroso, luego se puso a espiar sobre su hombro y después pegó su boca al oído de Alicia para susurrarle:

—La han condenado a muerte.

—¿Por qué? —dijo Alicia, consternada—, ¿ha cometido algún error?

—¿Dijiste *horror*? —dijo el Conejo.

—No, no dije eso, aunque desde luego sería un horror; pero yo quiero saber por que...

—¡Ah!, es que dio una bofetada a la reina —dijo el Conejo, y Alicia no pudo contener la risa.

—¡Chst! —dijo el Conejo, muy asustado— ¡La reina puede oírte! Lo que sucedió es que la duquesa llegó con un cierto retraso, y entonces la reina dijo...

—¡Cada uno a su sitio! —se escuchó la voz de la reina como un estruendo, y todos se pusieron a correr en cualquier dirección, tropezando unos con otros, a pesar de lo cual, al poco tiempo cada uno se encontraba donde le correspondía, por lo que todo estaba listo para que comenzara la partida.

Alicia nunca había visto un campo de críquet tan raro: el terreno era impropio, pues estaba lleno de hondonadas y montículos; erizos y flamencos vivos servían de bolas y de mazos, y los arcos eran formados por soldados que se curvaban sobre sí mismos.

Alicia se unió al juego, pero la primera dificultad con la que se encontró fue el manejo del flamenco: trató de encajar el cuerpo del flamenco en el hueco que formó con su brazo, y las patas quedaron allá abajo; pero cuando ya lo tenía a punto para realizar el tiro, con el cuello bien estirado, como para dar el golpe sobre el erizo, el ave de inmediato se giraba, y levantando el cuello la miraba directamente a la cara, con una expresión de tal perplejidad que Alicia no podía contener la risa, y cuando lograba que volviera a estirar el cuello hacia abajo, disponiéndose a tirar, se daba cuenta de que el erizo se había desenrollado y se alejaba caminando.

Además de estas graves dificultades, siempre e interponían las zanjas y los montículos por los que se debía lanzar el erizo, además de que los soldados que formaban los arcos frecuentemente se levantaban y caminaban de un lado a otro por el campo de juego, por lo que sus posiciones nunca eran las mismas; por todo ello, Alicia pensó que en estas condiciones era en verdad difícil jugar.

Todos jugaban a la vez, sin esperar su turno, discutiendo continuamente y disputándose los erizos; al poco rato la reina estaba hecha una furia, y comenzó a patalear y a gritar:

—A ése: ¡Que le corten la cabeza!...: ¡y a ése también!

En medio de esta situación, Alicia empezó a sentirse muy intranquila, pues aunque hasta ese momento no había tenido ningún problema con la reina, en cualquier momento podría surgir, "¡Qué será de mí —pensaba con amargura—; parece que aquí son terriblemente propensos a decapitar a la gente, tanto que es sorprendente que aún quede gente con vida."

Miró en derredor, buscando algún camino para escapar, y cuestionándose si podría escabullirse sin ser vista; pero de pronto se produjo una extraña aparición en el aire; al principio no lo reconoció, pero al fijarse mejor se dio cuenta de que era una sonrisa, por lo que dedujo que no podía ser otro que el gato de Cheshire, lo que le dio mucho gusto, pues ahora tendría con quien hablar.

—¡Hola!, ¿cómo te va? —dijo el gato, apenas se le conformó la boca en el aire.

Alicia no contestó de inmediato, sino que esperó a que se le conformaran los ojos y entonces solamente le hizo una seña con los ojos, pues pensaba que si todavía no tenía orejas, era inútil hablarle. Pero al poco tiempo apareció la cabeza entera; entonces Alicia dejó libre a su flamenco y comenzó a contarle las peripecias del juego, muy satisfecha de tener alguien con quien desahogarse. Tal vez el gato pensó que no eran necesario aparecer completamente, pues ya era perfectamente reconocible, así que se quedó a medias.

—Yo creo que no están jugando limpio —dijo Alicia, en un tono de queja—; todos discuten de una manera tan ruidosa que apenas puede una escucharse a sí misma; y tal parece que no existen reglas precisas, o si las hay, la verdad es que nadie las sigue... ¡y el jugar con un equipo viviente!; incluso el arco que me tocaría traspasar, ¡ahora corre por el otro lado del campo!... yo te aseguro que le hubiera dado un buen golpe al erizo, pero parece que él va buscando al erizo de la reina.

—¿Y qué opinión tienes de la reina? —preguntó en voz baja el gato.

—¡No me gusta nada! —dijo Alicia—es tan... —advirtiendo que la reina se encontraba muy cerca, cambió el tema—; es muy probable que sea ella la que gane, así que no vale la pena seguir jugando.

La reina solamente sonrió y pasó de largo.

—¿Con quién estás hablando? —dijo el rey, acercándose a Alicia y mirando con curiosidad la cabeza del gato.

—¡Ah!, es un amigo mío —respondió Alicia—; es un gato de Cheshire; permita su majestad que se lo presente.

—Aunque no me gusta nada su aspecto —dijo el rey—, le permitiré que me bese la mano, si así lo desea.

—No me interesa —dijo el gato.

—¡No seas irreverente, y no me mires de ese modo! —dijo el rey, ocultándose detrás de Alicia.

—Es justo que un gato mire a un rey —dijo Alicia—eso lo leí en un libro, pero no me acuerdo cuál.

—Entonces lo mejor será suprimirlo —dijo el rey con gran parsimonia, y llamó a la reina que pasaba por ahí.

—¡Querida!, me gustaría que me hicieras el favor de *suprimir* a este gato.

La reina asintió y utilizó el único método que conocía:

—¡Que le corten la cabeza! —ordenó, sin siquiera mirarlo.

—Yo mismo traeré al verdugo —dijo el rey, satisfecho e impaciente, y se alejó rápidamente.

Alicia pensó que sería bueno ver cómo seguía el juego y decidió dar una vuelta, pero escuchó a lo lejos la voz de la reina, que gritaba enfurecida su habitual sentencia; Alicia ya había escuchado antes que la reina había condenado a muerte a tres jugadores por el solo hecho de pasárseles el turno, y no le gustaba nada el giro que iban tomando las cosas, pues no había manera de tener cuidado, porque el juego era tan confuso que no se sabía cuándo tocaba el turno; sin embargo le pareció prudente ir en busca de su erizo.

El erizo que le tocaba a Alicia se había enfrascado en una pelea con otro erizo, lo que le pareció a Alicia una gran oportunidad para hacerlos chocar y con ello marcar un tanto, el único problema que tenía era que el flamenco ya no estaba donde lo había dejado, sino que ahora se encontraba en el otro extremo del jardín; Alicia podía ver cómo intentaba subirse a uno de los árboles.

Finalmente consiguió recuperar a su flamenco y regresó a su posición; la pelea de los erizos había terminado, pero ellos se habían perdido de vista. "Eso no importa demasiado —pensó Alicia—, porque los soldados que hacían de arcos también se han ido de esta parte del campo." Así que se echó el flamenco bajo el brazo para que no se le volviera a escapar, y regresó para conversar otro rato con su amigo el gato.

Al llegar se dio cuenta de que había una gran multitud reunida en derredor del gato de Cheshire, y escuchó que el verdugo, el rey y la reina discutían entre sí, hablando todos a la vez, mientras los demás observaban en silencio y parecían muy tensos.

Al ver que Alicia se acercaba, los tres que discutían la llamaron para que actuara de mediadora, y todos se pusieron a exponerle sus argumentos, pero como hablaban todos a la vez, le resultó muy difícil enterarse de lo que decían. Sin embargo pudo discernir que el alegato del verdugo era que no se podía cortar una cabeza a menos que hubiera un cuerpo desde donde cortarla, que a él nunca se le había presentado un caso de esa índole, y no podía cambiar sus normas, pues era un profesional.

El rey decía que era al contrario, pues todo ser provisto de una cabeza podía ser desprovisto de ella, y que todo lo que se dijera en contra era pura cháchara.

La reina argumentaba que si no se tomaba rápidamente una decisión, lo que procedía era ejecutar a todos los presentes (este alegato era el que tenía más preocupados a los que escuchaban).

Alicia lo pensó un rato, pero no se le ocurrió más que decir:

—El gato es propiedad de la duquesa, sería conveniente que se le preguntara a ella.

—La duquesa está en la cárcel —dijo la reina, dirigiéndose al verdugo—: ¡tráela de inmediato!

El verdugo obedeció la orden, pero apenas se hubo marchado, la cabeza del gato comenzó a desvanecerse, y al volver éste, trayendo a la duquesa, el gato ya había desaparecido completamente. Entonces tanto el rey como el verdugo se pusieron a buscarlo afanosamente, corriendo de un lado para otro, pero los asistentes sintieron que la tensión había cedido y retomaron sus lugares para continuar con el juego.

IX

Historia de la falsa tortuga

—¡No te imaginas, querida, el gusto que me da volverte a ver! —le dijo la duquesa a Alicia, tomándola del brazo para que caminaran juntas.

Alicia también se sentía encantada de verla de tan buen humor, y pensó que tan sólo había sido la pimienta lo que la había enojado tanto cuando se la encontró en la cocina.

"Cuando yo sea duquesa —se dijo, aunque sin creérselo demasiado—, no dejaré que en mi cocina exista un solo gramo de pimienta; de cualquier manera, la sopa queda muy sustanciosa sin pimienta, es posible que sea la pimienta lo que hace que las personas tengan tan mal carácter —dijo, muy satisfecha de haber elaborado un conocimiento nuevo—; y es el vinagre lo que las pone tan agrias, y la manzanilla las vuelve amargas..., tal vez sea el azúcar y en general las golosinas lo que hace que los niños sean tan dulces; sería bueno que las personas se enteraran de esto, entonces no serían tan tacañas con los dulces para los niños."

Pensando en estas cosas, se había olvidado por completo de la duquesa, y se sobresaltó un poco al sentir que le decía al oído:

—Seguramente estás pensando en algo muy importante, querida, y eso hace que te olvides de hablar. Por ahora yo no podría decirte cuál es la moraleja de todo esto, pero te aseguro que enseguida me acordaré.

—Es posible que no haya moraleja en estas cosas —dijo Alicia.

—¡Qué va!; no existe nada que no tenga una moraleja —dijo la duquesa, solamente se necesita dar con ella, y se acercó más a Alicia.

Alicia estaba molesta de que la duquesa estuviera tan pegada a ella; en primer lugar porque era feísima, y en segundo lugar, porque la altura de ella hacía que su barbilla se apoyara en el hombro de Alicia, y su mentón era muy puntiagudo, lo que le causaba una sensación muy desagradable; pero no quería ser grosera con la duquesa, así que se resignó a soportarla.

—El juego va muy bien ahora, ¿no cree usted? —dijo Alicia, solamente por dar pie para la conversación.

—Así parece —dijo la duquesa —y eso tiene una moraleja, que es: ¡Ah el amor! ¡El amor es lo que mueve al mundo!

—Pues yo recuerdo que alguien dijo que el mundo marcharía mejor si cada quien se ocupara de sus asuntos —dio Alicia, en un susurro.

—Bueno, ¡es la misma cosa! —dijo la duquesa, hundiendo su barbilla puntiaguda en el hombro de Alicia, y siguió diciendo—: pero esto también tiene una moraleja, que es: "Tú cuida tus sentidos, que los sonidos se cuidan ellos mismos."

"Qué manía de sacar moralejas de todas las cosas", pensó Alicia.

—Estoy segura de que ahora estás pensando por qué no paso mi brazo por tu cintura —dijo la duquesa—, la respuesta a eso es que desconfío del carácter de tu flamenco. ¿Te parece que haga la prueba?

¡Cuidado, porque es capaz de picarla! —se apresuró a contestar Alicia, pues no la hacía feliz que hiciera esa prueba.

—Sí, eso es muy cierto —dijo la duquesa—, tanto pica el flamenco como la mostaza; y la moraleja de esto es: "Aves de igual pluma, vuelan a una."

—Bueno, pero la mostaza no es un ave —replicó Alicia.

—Como siempre tienes razón —observó la duquesa—; ¡Vaya claridad de pensamiento que tienes, niña!

—La pimienta es un mineral, creo —dijo Alicia.

—¡Por supuesto! —dijo la duquesa, que parecía dispuesta a dar por bueno todo lo que dijera Alicia—; yo sé que cerca de aquí hay una gran mina de mostaza. Y la moraleja de esto es: "A más provecho mío, más ganga para ti."

—¡Ah, sí, ya lo tengo! —exclamó Alicia, sin hacer caso de la última observación. ¡Es un vegetal, no lo parece, pero lo es!

—¡Estoy completamente de acuerdo contigo —reiteró la duquesa—; y la moraleja de esto es: "Procura ser lo que quisieras ser"; o dicho de una manera sencilla y clara: "Nunca te imagines que eres distinto de lo que a los demás les parezca que seas, o pudieras haber sido, lo que no sería distinto de lo que habrías sido, si hubiera parecido a los demás que eras distinta."

—Yo creo que entendería mejor eso si lo viera escrito —dijo Alicia, con toda cortesía—, pues el significado se me escapa mientras lo voy escuchando.

—¡Ah!, pues eso no es nada comparado con lo que podría decirte, si quisiera —replicó la duquesa, en un tono de orgullo.

—Pues yo le suplico que no se moleste en decirlo —dijo Alicia.

—¡Para mí no es ninguna molestia —replicó la duquesa—. ¡Te regalo cuanto he dicho hasta el momento!

"¡Ese es un regalo muy barato! —pensó Alicia—¡Qué bueno que no se hagan regalos de cumpleaños como ése!"; sin embargo no se atrevió a expresar nada de eso en voz alta.

—¿Otra vez pensando? —preguntó la duquesa, de nuevo recargándose en su hombro y clavándole la barbilla

—¡Tengo todo el derecho de pensar! —dijo enfáticamente Alicia, que ya empezaba a sentirse incómoda.

—Bueno, pues el mismo derecho tienen los cerdos a volar; y la mo...

Para sorpresa de Alicia, la voz de la duquesa se extinguió en mitad de su palabra favorita (que por supuesto era "moraleja"), y el brazo con el que la tomaba de la cintura comenzó a temblar; Alicia se sintió extrañada por aquella actitud y levantó la mirada, entonces se percató de que ahí, delante de ellas, se encontraba nada menos que la reina, con el ceño fruncido y con una expresión de auténtica furia.

—¡Hermoso día, su majestad! —dijo la duquesa, con voz temblorosa.

—¡Es preferible que calles, y escuches esta saludable advertencia! —dijo la reina en un grito, y pateando furiosamente el piso—: ¡O sales tú volando de aquí inmediatamente, o es tu cabeza la que volará!

Sin pensarlo, la duquesa eligió la opción de salir volando.

—¡Continuemos la partida! —dijo la reina a Alicia, y ésta, demasiado asustada, la siguió mansamente hasta el campo de críquet, sin decir palabra.

Muchos de los invitados habían aprovechado la ausencia de la reina y descansaban a la sombra de los árboles; pero cuando vieron que se aproximaba, se apresuraron a tomar sus posiciones; la reina les hizo saber que un instante el retraso les costaría la cabeza.

La partida siguió su curso, y durante todo el tiempo la reina no dejaba de gritar: "A ése, ¡que le corten la cabeza!, y a esa también." A todos los que iba condenando los tomaban como prisioneros en custodia los soldados, lo que hacía que ellos tuvieran que dejar sus puestos, de manera que, al cabo de un rato, ya no quedaban arcos, y los únicos jugadores eran el rey, la reina y Alicia, pues todos los demás jugadores estaban en custodia, sentenciados a muerte.

De momento la reina se detuvo, pues se encontraba cansada, y se dirigió a Alicia diciendo:

—¿Tú conoces a la Falsa Tortuga?

—No —respondió Alicia—, ni siquiera sé qué cosa es eso.

—Pues es precisamente de ella que se hace la *Sopa de falsa tortuga* —dijo la reina.

—Pues yo nunca he visto una, ni siquiera he oído hablar de ella —dijo Alicia.

—Ven entonces —dijo la reina—, será ella misma la que te cuente su historia.

Mientras caminaban juntas, Alicia alcanzó a escuchar que el rey decía en voz baja al grupo de los condenados:

—¡Todos ustedes están perdonados!

"¡Pues ésta sí que es una buena acción!, se dijo Alicia, quien se sentía muy alarmada por las numerosas ejecuciones que decretaba la reina.

Caminaron un buen rato, y finalmente llegaron donde se encontraba un gran grifo, que dormía plácidamente bajo el sol.

—¡Arriba, perezoso! —gritó la reina—, pues debes llevar a esta señorita hasta donde está la Falsa Tortuga, para que ella le cuente su historia. Yo tengo que regresar, pues tengo muchas ejecuciones pendientes.

Entonces la reina se marchó, dejando a Alicia sola con el grifo. A pesar de que a ella no le

gustaba nada el aspecto de aquel animal, de todas maneras consideró que cualquier cosa era
preferible que andar en compañía de una persona tan peligrosa como la reina; así que se conformó
con su situación.

El grifo terminó de despertarse frotándose los
ojos, luego observó a la reina hasta que ella desapareció de su vista, y entonces se puso a reír.

—¡Es muy gracioso! —dijo el grifo, en parte
para sí mismo y en parte para Alicia.

—¿Qué es lo divertido? —preguntó Alicia.

—Todo en *ella* es chistoso —dijo el grifo—.
Tú debes saber que eso de las ejecuciones es pura
imaginación; aquí no se ejecuta a nadie. ¡Ven!

"Aquí todo el mundo dice *ven* —pensaba Alicia mientras seguía al grifo—; yo nunca había recibido tantas órdenes en mi vida."

Caminaron un rato, hasta que vieron a la distancia a la Falsa Tortuga, sentada en una roca, ella estaba sola y parecía muy triste, pues cuando estuvieron cerca, Alicia escuchó que suspiraba profundamente, y entonces sintió una gran lástima por ella.

—¿Cuál es su pena? —le preguntó al grifo, y éste le contestó casi en los mismos términos que antes:

—¡Aquí todo es pura imaginación!, ella no tiene ninguna pena; ¡ven!

Cuando estuvieron delante de la Falsa Tortuga, ella los miró con sus grandes ojos llenos de lágrimas, pero no se atrevió a decir nada.

—Esta gentil señorita —dijo el grifo— tiene muchas ganas de conocer tu historia.

—Pues entonces se la contaré —dijo la Falsa Tortuga con voz profunda y en un tono de amargura; siéntense junto a mí y por favor no me interrumpan, esperen a que termine.

Entonces se sentaron, pero pasó un buen rato sin que nadie hablara. "No entiendo cómo va a terminar una historia que nunca empieza", pensó Alicia, pero esperó con gran paciencia.

—En otro tiempo —dijo al fin en un profundo suspiro—, yo fui una tortuga verdadera... Después de esta patética entrada de la historia, se hizo un largo silencio, solamente roto por uno que otro *Hjckrrh* que emitía el grifo y el sollozo de la Falsa Tortuga.

Alicia ya estaba desesperada, tanto que consideraba la posibilidad de levantarse y decir: "¡Muchas gracias, señora, por su interesante historia!", pero por otro lado también se le había despertado la curiosidad de saber lo que le había ocurrido a la tortuga, así que permaneció muda y en su sitio.

—Cuando éramos pequeñas —dijo por fin la Falsa Tortuga, con mayor aplomo, aunque con cierta melancolía—, íbamos a la escuela, que se encontraba en el mar. Recuerdo que la maestra era una vieja tortuga a la que llamábamos *tortura*.

—¿Y por qué la llamaban de esa manera? —preguntó Alicia.

—Pues la llamábamos así porque era tortuosa —dijo la falsa tortuga, en un tono de disgusto—, y más que enseñar, se ensañaba con nosotros... ¡No preguntes tonterías!

—¡Niña, te debería dar vergüenza preguntar cosas tan simples —añadió el grifo, y junto con la tortuga se quedó mirando por un buen rato a Alicia, que en esos momentos hubiera querido que se la tragase la tierra; fue un tiempo que pareció interminable, pero por fin el grifo se dirigió a la Falsa Tortuga:

—¡Ya sigue con tu historia, vieja, no vamos a pasar todo el día aquí!

—Pues nosotros íbamos a la escuela submarina, por increíble que te parezca.

—¡Yo nunca he dicho que no creyera eso de la escuela en el mar! —se defendió Alicia.

—¡Sí que lo has dicho! —replicó la Falsa Tortuga, como un reproche.

—¡Basta ya! —dijo el grifo, antes de que Alicia pudiese contestar.

—Nosotras recibíamos una excelente educación, de hecho íbamos todos los días a la escuela.

—¡Yo también iba todos los días a la escuela! —dijo Alicia—; no hay razón para presumir de eso.

—¿Con clases extras? —comentó algo nerviosa la Falsa Tortuga.

—Sí, también estudiábamos francés y música.

—¡Acaso también lavado? —preguntó la falsa tortuga.

—¡Claro que no! —dijo Alicia, indignada.

—¡Entonces no era realmente muy buena tu escuela —dijo la falsa tortuga con un tono triunfalista—; en cambio, en nuestra escuela, al final se ponía en las boletas: "Francés, Música y *Lavado* extras."

—Pues seguramente el lavado les hacía mucha falta, ¡viviendo en el fondo del mar! —dijo Alicia, sarcástica.

—Yo no me pude matricular en las clases extraordinarias —aclaró la Falsa Tortuga—, yo solamente seguía los cursos ordinarios.

—¿Y qué estudiaban en esos cursos? —preguntó Alicia.

—Estudiábamos la *legua*, con o sin taxis, y la gramática *parda*, además de las distintas ramas de la aritmética: *Ambición, Distracción, Multicomplicación y Diversión.*

—Yo nunca había oído hablar de la "Multicomplicación" —dijo Alicia—; ¿Qué cosa es eso?

El grifo levantó las patas en señal de sorpresa.

—¡Cómo que no sabes nada de la Muticomplicación! —exclamó—; seguramente sabrás lo que es la *complicación*.

—Sí —contestó Alicia, aunque con cierta inseguridad.

—Pues si lo sabes, sabrás también que las complicaciones nunca llegan solas —sentenció el grifo—; la verdad es que eres bastante tonta.

Alicia ya no quiso hacer más preguntas, prefirió volverse hacia la falsa tortuga y preguntarle:

—¿Qué otras materias estudiaban?

—Bueno, llevábamos la materia de *Escoria* — respondió la Falsa Tortuga, quien parecía llevar la cuenta de las materias tocando las puntas de sus aletas.—. Veíamos la Escoria antigua y moderna, y también *Mareografía*, además cursábamos las *Bellas Tardes*... recuerdo que el profesor de esta materia era un cangrejo anciano que venía una vez por semana, después de comer; él nos enseñaba toda clase de *tapujos*, y también a *escupir* y a *pitar* al estilo *eolio*.

—¿Y qué es eso de *pitar al estilo eolio*? —preguntó Alicia.

—Bueno, me sería difícil hacerte ahora una demostración —señaló la falsa tortuga—, pues me encuentro sin fuerzas; y el grifo no puede ayudar mucho, pues no sabe nada de eso.

—Bueno, pues yo no tuve tiempo de aprender esas cosas —dijo el grifo—. Yo estudié *clásicas*, y mi maestro era también un cangrejo muy viejo.

—Yo nunca seguí sus cursos —dijo la Falsa Tortuga—; pero me han dicho que enseñaba *Lata sin fin* y rudimentos de *Riego*.

—¡Eso es muy cierto! —confirmó el grifo, emitiendo un suspiro evocativo, y entonces ambos ocultaron el rostro entre las patas.

—¿Cuántas horas al día tenían de clase? —dijo Alicia, más que por interés, para cambiar de tema.

—Diez horas el primer día —dijo la Falsa Tortuga—, nueve el siguiente, y así sucesivamente.

—¡Pues vaya que era un sistema raro! —exclamó Alicia.

—Era por eso que se llamaban *cursos*, porque se disminuía un *escorzo* de un día para otro, es como si gradualmente se horadara el horario.

Esta idea era difícil de comprender para Alicia, pues le resultaba completamente nueva, por lo que la estuvo incubando un poco antes de pasar a la siguiente pregunta.

—Entonces el onceavo día sería de asueto… supongo.

—¡Claro que sí! —afirmó la falsa tortuga.

—¿Y qué pasaba el doceavo día? —preguntó Alicia, muy intrigada.

—¡Ya basta por hoy de cursos! —interrumpió el grifo en un tono cortante— Ahora cuéntale acerca de los juegos.

X

La cuadrilla de la langosta

La Falsa Tortuga suspiró profundamente y se limpió los ojos con el dorso de una aleta; miró a Alicia con un aire melancólico e intentó proseguir su relato, pero los sollozos se lo impidieron durante varios minutos.

—¡Parece que se hubiera atragantado con un hueso —dijo el grifo, y se puso a sacudirla y darle golpes en la espalda, con lo que la falsa tortuga recobró la voz, y aunque la inundaban las lágrimas, valientemente prosiguió:

—Seguramente no has vivido mucho tiempo en el fondo del mar.

—¡Claro que no! —dijo Alicia.

—Y no creo que te hayan presentado nunca a una langosta.

—Bueno, una vez la probé... —empezó a decir Alicia, pero rápidamente se dio cuenta de lo impropio de su comentario, así que rectificó— No, nunca.

—Pues por eso no puedes siquiera imaginar qué cosa más perfecta es una cuadrilla de langostas.

—Pues no, realmente no —dijo Alicia—. ¿Qué tipo de baile practican ellas?

—Bueno —explicó el grifo—; primero te formas en línea a lo largo de la orilla.

—¡Se hacen dos líneas! —exclamó la Falsa Tortuga—: focas, tortugas, salmones, etcétera; y después se limpia la pista de medusas.

—Lo que siempre toma un buen tiempo —interrumpió el grifo.

—Entonces avanzas dos pasos.

—Cada cuál con una langosta de pareja —aclaró el grifo.

—¡Por supuesto, eso se entiende! —dijo la Falsa Tortuga— Avanzas dos pasos con la pareja...

—Y cambias de langosta y te retiras, siguiendo el mismo orden —continuó el grifo.

—Luego —siguió la falsa tortuga—, lanzas las...

—¡Las langostas! —dijo el grifo, dando un gran salto— ¡Y te vas a alta mar, lo más lejos posible.

—¡Das un salto mortal en pleno mar! —dijo la Falsa Tortuga, dando muestras de gran entusiasmo.

—Luego viene un nuevo cambio de langosta —dijo el grifo.

—Entonces se vuelve uno a tierra otra vez; y con esto termina la primera figura —dijo la Falsa Tortuga, bajando la voz; entonces ambas bestias, que hasta el momento habían estado saltando y manoteando como locas, se volvieron a sentar con toda formalidad, frente a Alicia, y se pusieron a mirarla.

—Debe ser un baile muy hermoso —dijo Alicia, con cierta timidez.

—¿Te gustaría verlo en la práctica?, dijo la Falsa Tortuga.

—¡Sí, me gustaría mucho! —respondió Alicia, entusiasmada.

—¿Qué te parece si intentamos la primera figura? —dijo la Falsa Tortuga al grifo—; se puede hacer sin langostas, ¿no?... pero, ¿quién cantará?

—Canta tú —dijo el grifo—, la verdad es que yo no recuerdo bien la letra.

Entonces los dos compañeros se pusieron a cantar y a bailar con toda formalidad delante de Alicia, pisándole los pies cada vez que pasaban cerca y marcando el compás con sus patas delanteras, y esta fue la canción que entonó la falsa tortuga, con una voz tristona y una cadencia lenta:

¡Apúrate caracol!, le decía una pescadilla,
¡que nos persigue un delfín! ¡La cola casi me pisa.
¡Con qué gracia avanzan tortugas y langostas!;
se colocan en la arena y aguardan.
¿Quieres unirte a la danza?

¡Que sí, que no, que sí, que no…
La danza sí!
¡Que no, que sí, que no, que sí…
la danza no!

No puedes imaginar lo bello que será cuando
nos alcen y arrojen con las langostas al mar.
El caracol agradece, pero no se lanza al mar.
"¡Está muy lejos, muy lejos!,
no quiero unirme a la danza"

¡Que sí, que no, que sí, que no...
La danza sí!
¡Que no, que sí, que no, que sí...
la danza no!

Bien sabes que hay una orilla al otro lado del mar,
más te alejas de Inglaterra, más cerca de Francia estás.
Al caracol dijo ella, la de brillantes escamas:
no palidezcas, querido, mejor únete a la danza.

¡Que sí, que no, que sí, que no...
La danza sí!
¡Que no, que sí, que no, que sí...
La danza no!

—Gracias por mostrarme ese baile tan interesante —dijo Alicia, muy satisfecha de que hubiera terminado—; y también es muy bonita esa canción sobre la pescadilla.

—¡Ah!, y hablando de pescadillas —dijo la Falsa Tortuga—; seguramente tú las conoces.

—Sí —afirmó Alicia—, muchas veces en la comi... —apenas alcanzó a detenerse.

—Yo no sé dónde queda "Lacomi" —dijo la Falsa Tortuga—, pero si realmente las has visto muchas veces, sabrás cómo son.

—Creo que sí —dijo Alicia, reflexiva—, tienen la cola en la boca, están cubiertas de pan molido.

—En eso del pan molido te equivocas —dijo la Falsa Tortuga—, el mar se lo llevaría todo; pero en que tienen la cabeza en la boca sí estás en lo cierto, y eso se debe a... —la Falsa Tortuga se puso a bostezar y se le cerraban los ojos, por lo que le pidió al grifo que fuera él quien contara eso.

—La razón es que ellas sí *querían* ir a bailar con las langostas —explicó el grifo—, así que se lanzaron al mar; pero temían caer a gran profundidad, por lo que se sujetaban la cola con la boca; desde entonces ya no pudieron soltarla nunca.

—Gracias —dijo Alicia—, eso es muy interesante. Yo nunca había escuchado una explicación tan interesante sobre las pescadillas

—Y también te puedo contar algunas otras cosas, si quieres —dijo el grifo— ¿Sabes por qué se llaman pescadillas?

—No, nunca había pensado en ello —dijo Alicia.

—El nombre tiene que ver, por un lado con la escasez, y por el otro con la antigüedad —explicó el grifo en un tono doctoral.

Alicia quedó muy intrigada:

—¡Escasez y antigüedad?

—¡Claro! —reiteró el grifo—; tú sabes que las pescadillas son muy delgadas, ¿no es cierto?

—Por supuesto —dijo Alicia.

—Pues es precisamente ahí donde radica su diferencia con el llamado "pez gordo", que es una variedad que se precia de ser muy acaudalada.

—Esa distinción no tiene nada de interesante —replicó Alicia.

—No, pero es fuente de muchas pescadillas económicas. Así que las pescadillas no han podido superar la primera fase del desarrollo, lo que en realidad es un problema tan antiguo como la lengua, de modo que en su nombre también se puede usar la *cedilla*, con lo que quedaría *pecedilla;* ahora ya lo sabes.

—¿Y de qué están hechas? —preguntó Alicia.

—¡Pues de escamas por fuera y pura pacotilla por dentro! —replicó el grifo, con exasperación—; ¡cualquier renacuajo te lo diría!

Por cambiar de tema, Alicia se puso a recordar la canción, y expresó:

—Si yo fuera una pescadilla, le hubiese dicho al delfín "¡Retírate, que no te queremos con nosotras!"

—Pero ellas estaban obligadas a llevarlo —intervino la Falsa Tortuga—. No hay pez que se arriesgue a ir a alta mar sin la compañía de un delfín.

—¿Pero es cierto eso? —dijo Alicia muy sorprendida.

—¡Pues claro que sí! —dijo la Falsa Tortuga— Si un pez me viniera a contar que se va de viaje, yo le preguntaría que con qué delfín.

—¿No quiere decir "con qué fin"? —dijo Alicia.

—Yo siempre quiero decir lo que digo y digo lo que quiero decir —respondió la Falsa Tortuga, muy ofendida.

—¡Vamos, ahora cuéntanos tú algunas de tus aventuras —dijo el grifo, como para romper la tensión.

—Las únicas aventuras que podría contarles serían desde esta mañana hasta ahora —dijo Alicia—; las de ayer no son mis propias aventuras, porque yo era otra persona.

—Explícanos eso —pidió la Falsa Tortuga.

—¡No!, antes de explicarnos nada, cuéntanos tus aventuras —dijo el grifo impaciente—. Las explicaciones se llevan demasiado tiempo y son muy aburridas.

Así que Alicia comenzó a contarles sus aventuras, comenzando por su primer encuentro con el Conejo Blanco. Como los dos personajes que la acompañaban se encontraban muy cerca de ella, al principio se puso muy nerviosa, pues la miraban con los ojos y las bocas muy abiertos, pero al avanzar con su relato, fue cobrando valor, y sus oyentes guardaron un respetuoso silencio hasta que llegó al pasaje en el que recitó el poema "Padre Guillermo" frente a la oruga, cuando la letra le había salido tan diferente. Entonces la Falsa Tortuga lanzó un hondo suspiro y dijo:

—¡Es muy extraño todo esto!

—¡Sí, es lo más extraño del mundo —reiteró el grifo.

—¡Todo le salió diferente! —dijo en voz alta la Falsa Tortuga, pero como para sí—; me gustaría que recitara algo diferente ahora; por favor dile que lo haga —miró al grifo, como atribuyéndole alguna autoridad sobre Alicia.

—Levántate y recita *Es la voz del haragán* — dijo el grifo, en un tono muy autoritario.

"A estas bestias les encanta dar órdenes y hacer que una repita lecciones, como si estuviéramos en la escuela" —pensó Alicia—; sin embargo se puso de pie y comenzó a recitar el poema que se le había ordenado; pero su imaginación constantemente se desviaba hacia la "Cuadrilla de la langosta", tanto que apenas se daba cuenta de lo que decía, por lo que la letra le salió bastante rara.

Es la voz de la langosta, yo bien lo puedo decir:
"Ya que me has tostado el cuerpo, el pelo voy a endulzar".
Ella con la nariz hace lo que el pato con sus párpados:
se abotona, se acintura, los dedos del pie endereza.

Cuando la playa está seca, como una alondra se alegra,
y al tiburón considera como bestia despreciable;
más cuando la marea sube y merodean los tiburones,
su voz revela en temblores todas sus turbaciones.

—Eso es bastante diferente de cómo *yo* lo recitaba de niño —dijo el grifo

—La verdad es que *yo* nunca lo había escuchado —dijo la Falsa Tortuga—, pero me parece un disparate descomunal.

Alicia no dijo nada, se sentó y cubriéndose el rostro con las manos se preguntó si ya *nunca* volverían a suceder las cosas de un modo natural.

—Me gustaría que esta niña me lo explicara —dijo la Falsa Tortuga.

—Eso no será posible —respondió el grifo—, ella no puede explicar nada; mejor pasemos a la estrofa siguiente.

—Pero, ¿y lo de los dedos de los pies? —replicó la falsa tortuga—, ¿cómo *podría* alinearlos con la nariz?

—Se trata de la primera posición del baile —dijo Alicia como para salir del paso, pues la verdad es que para ella misma todo era un enigma y lo único que quería era cambiar de tema.

—Vamos a la estrofa siguiente —dijo el grifo, la que empieza con las palabras *Al pasar por el jardín*.

Alicia estaba segura de que al decir el poema todo saldría cambiado, pero algo la obligaba a obedecer las órdenes del grifo, por lo que comenzó a recitar con temblorosa voz:

Al pasar por el jardín, apenas pudo observar

que el búho y la pantera comían un pastel.

Ella tomó la corteza, el relleno y el betún,

y a él le tocaba el plato, pues eso habían pactado.

Cuando el pastel se acabó, el búho con la cuchara
se quedó,

más la pantera, gruñendo, tomó el tenedor y el
cuchillo,

y el banquete concluyó.

—¿De qué nos sirve escuchar todas estas tonterías, si no vamos a saber la explicación? —dijo la Falsa Tortuga— ¡Ésta es la cosa más confusa que he oído en mi vida!

—Así es —reiteró el grifo—; creo que es preferible que lo dejemos así.

¿Por qué no intentamos otra figura de la *Cuadrilla de la langosta*? —siguió diciendo el grifo—, ¿o prefieres que la Falsa Tortuga te cante una canción?

—¡Sí, por favor, yo prefiero una canción!; bueno, siempre que la Falsa Tortuga esté de acuerdo —dijo Alicia, con tanta vehemencia que el grifo pareció molestarse un poco, y entonces dijo:

—¡No cabe duda que sobre gustos no hay nada escrito!; a ver, vieja, por qué no le cantas *Sopa de tortuga*?

La Falsa Tortuga suspiró hondamente y se puso a entonar la canción que se le había pedido, pero era tal su sentimiento que no podía reprimir los sollozos y las lágrimas.

¡Oh sopa rica!, tan verde y sabrosa,

que hierve en la olla.

¿A quién no gusta el sabor?;

Sopa de la noche, de grata textura.

    ¡Oh beeella sooopa!

    ¡Qué hermosa ésta sooopa!

    ¡Sooopa de noooche!

¡Riquiiiisiima sooopa!

Teniendo esta sopa, nadie quiere pescado

ni pieza de caza o cualquier bocado.

¿Quién no daría todo por tan sólo un poco

de esta rica sopa.

    ¡Oh beeella sooopa!

    ¡Qué hermosa ésta sooopa!

¡Sooopa de noooche!

¡Riquiiiisiima sooopa!

—¡Bravo, bravo!... ¡el coro otra vez! —exclamó el grifo, y la Falsa Tortuga ya había comenzado a entonar el *encor*, cuando a lo lejos se escuchó una voz que decía: "¡Ahora comienza el juicio!"

—¡Vamos! dijo el grifo en un tono autoritario, tomando a Alicia de la mano y llevándosela a toda prisa, sin esperar a que terminara la canción de la tortuga.

—¿Qué es eso? —preguntó Alicia— ¿De qué juicio se trata? —pero el grifo, que la jalaba a toda prisa, solamente dijo:

—¡Vamos! —y corrió todavía más rápido, mientras el melancólico estribillo de la tortuga se escuchaba en lontananza.

¡Sooopa de noooche!

¡Riquiiiisiima sooopa!

XI

¿Quién robó los pasteles?

El Rey y la Reina de Corazones ya se encontraban en sus tronos cuando llegaron Alicia y el grifo. Se encontraban rodeados por una serie de aves, animales, y por el mazo entero de la baraja. Frente a ellos estaba la sota, encadenada y con un soldado a cada lado, a modo de custodia. A un lado del rey se encontraba el Conejo Blanco, quien aparentemente haría de vocero, pues tenía una trompeta en una mano y un rollo de pergamino en la otra. En el centro de la sala había una mesa, y sobre esa mesa se disponía una gran cantidad de pasteles, que parecían tan sabrosos que se le hacía agua la boca a Alicia con sólo mirarlos. "Ojalá acabe pronto el juicio, pues después seguramente se invitarán los pasteles", pensaba, pero como la cosa parecía que iba a durar un buen rato, mejor se puso a inspeccionar el lugar, sólo por matar el tiempo.

Alicia nunca había asistido a un juicio; pero había leído algo al respecto y se sintió muy orgullosa de conocer los nombres de todo lo que ahí se manejaba; "ése que porta una gran peluca, debe ser el juez" —discurría—. Aunque hay que decir que el de la peluca era el propio rey, y llevaba la corona encajada en la propia peluca, por lo que, además de verse muy ridículo, perecía bastante incómodo.

"Seguramente ése es el estrado que corresponde al jurado —pensó Alicia—, y esas doce *criaturas* (lo pensó así, en forma genérica, porque ahí había de todo, aunque predominaban los pájaros) deben ser los *miembros del jurado*" —lo pensó en estos términos y se lo repitió varias veces, pues sentía gran orgullo de que una niña de su edad pudiese manejar esos conceptos tan elaborados (pues hubiera podido referirse a ellos simplemente como *jurados*).

Los doce "jurados" iban anotando todo en las pizarras, y lo hacían con gran rapidez y nerviosismo.

—¿Por qué hacen eso? —preguntó discretamente Alicia al grifo— Como todavía no ha empezado el juicio, no habría nada que anotar.

—Están anotando sus nombres —contestó el grifo, en un susurro—, pues temen que se les olviden antes de terminar el juicio

—¡Pero eso es completamente idiota! —comenzó a decir Alicia, en voz tan alta, que motivó la reconvención del Conejo Blanco, que gritó:

—¡Silencio en la sala!

Entonces el rey se caló los anteojos y lanzó una severa mirada en derredor para descubrir quién había hablado.

Alicia pudo ver, por encima de los hombros de los concurrentes, que los miembros del jurado escribían en su pizarrón "completamente idiota", y se dio cuenta de que uno de ellos no sabía deletrear "completamente", por lo que se lo preguntaba a su compañero. "¡Vaya lío que habrá en sus pizarras cuando termine el juicio", pensaba Alicia.

Uno de los jurados tenía una tiza que rechinaba sobre la superficie de la pizarra, y eso era algo que Alicia no podía soportar, por lo que discretamente se desplazó por la sala hasta que se colocó detrás de él, y en la primera oportunidad que tuvo, le quitó la tiza, pero lo hizo con tal habilidad que el jurado (que era nada menos que Bill, la lagartija), no se dio cuenta de lo que había pasado, y después de buscar por todos lados, se resignó a escribir con el dedo, lo que en realidad no tenía sentido, pues el dedo no podía marcar la pizarra, y ahí no quedaba ninguna anotación.

—¡Heraldo, lee la acusación! —ordenó enfáticamente el rey.

Entonces el Conejo Blanco dio tres toques de trompeta, después desenrolló el pergamino y se dio a la lectura:

> *La Reina de Corazones*
> *un buen día de verano*
> *preparó muchos pasteles.*

La Sota de Corazones
se robó dichos pasteles
y los llevó muy lejos.

—¡Ya es tiempo de emitir vuestro veredicto! —ordenó el rey al jurado.

—¡Todavía no! —gritó el Conejo—; hay muchas cosas que se deben considerar antes.

—Entonces, ¡que comparezca el primer testigo! —dijo el rey.

Entonces el Conejo dio tres largos toques de trompeta y gritó:

—¡Se llama al primer testigo!

Este testigo era nada menos que el Sombrerero, que se presentó con una taza de té en la mano y un pedazo de pan con mantequilla en la otra.

—Ruego que me perdone su majestad —comenzó diciendo—, por comparecer en estas condiciones, pero estaba tomando el té cuando me vinieron a buscar.

—Deberías haberlo terminado —dijo el rey— ¿cuándo fue que lo empezaste?

El sombrerero lanzó una mirada cómplice hacia la Liebre de Marzo, que lo había seguido hasta la sala y traía al Lirón bajo el brazo.

—*Creo* que fue el catorce de marzo —dijo el Sombrerero.

—¡No, fue el quince! —corrigió la Liebre de Marzo.

—El dieciséis —dijo el Lirón.

—¡Anotad esos datos! —dijo el rey a los jurados, y todos se apresuraron a anotar esas tres fechas en sus pizarras, y después las sumaron, para convertir el total en chelines y peniques.

—¡Debes quitarte el sombrero! —ordenó el rey.

—No es mío —dijo el Sombrerero.

—¡Entonces lo has *robado*! —exclamó el rey, mirando hacia el jurado, que de inmediato consignó el hecho.

—Yo llevo los sombreros con la intención de venderlos —ninguno de ellos me pertenece, pues yo soy un sombrerero.

Entonces la reina se colocó sus gafas y se puso a mirar fijamente al Sombrerero, quien de inmediato palideció y se puso a temblar.

—Ahora deberás prestar declaración —dijo el rey—, y procura controlar tus nervios, pues de otra manera te mandaré ejecutar en el acto.

El comentario del rey desanimó aún más al testigo, quien, además de temblar, bailoteaba sobre sus pies, sin poder soportar la mirada inquisitiva de la reina; él luchaba por parecer tranquilo, pero en su confusión llegó a morder un pedazo de la taza en vez del pan con mantequilla.

Al observar todo esto, Alicia tuvo una sensación muy extraña, que al principio la desconcertó mucho, pues no podía identificarla, pero más tarde se dio cuenta de lo que se trataba, y era que había comenzado a crecer nuevamente. Al principio pensó que sería preferible levantarse y abandonar la sala, pero pensó que eso llamaría mucho la atención, por lo que prefirió permanecer sentada mientras cupiera en el espacio.

—¡Me siento mal de que me opriman tanto —dijo el Lirón, que estaba sentado junto a Alicia—; ¡casi no puedo respirar!

—Por mi parte no puedo remediarlo —dijo Alicia en tono de disculpa—, lo que pasa es que estoy creciendo.

—¡Pues ningún derecho tienes de crecer aquí! —dijo el Lirón.

—¡No digas tonterías! —dijo Alicia como un reproche — La verdad es que tú también estás creciendo, y eso lo sabes muy bien.

—Sí, pero mi crecimiento se produce a un ritmo razonable, ¡no de esa manera! —replicó el Lirón, y prefirió marcharse al otro lado de la sala.

La reina seguía acosando con la mirada al Sombrerero; sin embargo se había fijado en el desplazamiento del lirón, y dijo a uno de los ujieres:

—¡Traédme la lista de los cantantes de los últimos conciertos!

—Al escuchar esta orden, el Sombrerero tembló de tal manera que hasta los zapatos se le salieron de los pies.

—Presta declaración —dijo el rey, o te haré ejecutar, sin importar lo nervioso que te encuentres.

—Yo soy solamente un pobre hombre —dijo el Sombrerero en voz muy baja y temblorosa—; hace más o menos una semana, cuando aún no había comenzado la hora del té... con unas pocas tostadas y el titilar del té

—¿El *titilar* de qué cosa? —dijo el rey.

—Bueno, eso empezó con té y... —dijo atropelladamente el Sombrerero.

—¿*Titilar*?, ¡Claro que empieza con T! —dijo el rey— ¿Acaso me tomas por un tonto?; ¡Sigue adelante!

—Soy un pobre hombre —siguió diciendo el sombrerero—, y la mayor parte de las cosas titilaban después de..., sólo que la Liebre de Marzo dijo...

—¡Yo no dije nada! —interrumpió indignada la Liebre de Marzo.

—¡Bien que lo dijiste! —afirmó el Sombrerero.

—¡Pues lo niego categóricamente —replicó la Liebre de Marzo.

—Ella lo niega —dijo el rey—, ¡que se omita eso en el acta!

—Bueno, pues en todo caso, fue el Lirón el que dijo... —afirmó el Sombrerero, mirando por todos lados para localizar al Lirón y ver si éste también lo negaba; pero el Lirón ya estaba profundamente dormido, por lo que no negó nada.

—Después de eso —prosiguió el Sombrerero—, corté un poco más de pan con mantequilla...

—¿Pero qué fue lo que dijo el Lirón? —preguntó uno de los jurados.

—Eso es precisamente lo que no puedo recordar —dijo el Sombrerero, muy apenado

—Pues debes recordarlo —sentenció el rey—, ya que de lo contrario te haré ejecutar.

La impresión de aquella declaración del rey fue tan fuerte para el pobre Sombrerero que dejó caer la taza de té y el pan con mantequilla, y se postró de rodillas, para suplicar:

—¡Por favor, Su Majestad, yo soy solamente un pobre hombre!

—Tú eres un *pobre orador* —dijo el rey.

Al escuchar esto, un conejillo de indias se entusiasmó tanto que se puso a aplaudir, pero inmediatamente fue *sofocado* por los guardias (como pudiera pensarse que el término correcto sería *reprimido*, es necesario dar alguna explicación: lo que hicieron los guardias fue meter la cabeza del conejillo de indias en una gran bolsa de lona, que se cerraba con cuerdas, y después se le sentaron encima, con lo que lo *sofocaron.*

"Realmente me hubiera gustado ver eso — pensó Alicia —, pues con frecuencia se lee en los periódicos que los aplausos fueron *sofocados* por los ujieres de la sala, y hasta ahora no había entendido bien el término."

—Pues bien, si eso es todo lo que sabes del asunto —dijo el rey —, puedes bajar del estrado.

—Lo siento, Su Majestad, pero no puedo bajar de este estrado, pues se encuentra al ras del suelo.

—Entonces ve y siéntate —dijo el rey.

Ante estas palabras, otro conejillo de indias se puso a aplaudir, pero también fue sofocado.

"Parece que ya no hay más conejillos de indias en la sala —pensó Alicia —; es mejor así, pues toda irá mejor."

—Si me es permitido, quisiera terminar mi té —dijo el Sombrerero, mirando suplicante a la reina, que leía la lista de los cantantes.

—¡Puedes marcharte! —dijo el rey, y el Sombrerero se fue apresuradamente, sin fijarse siquiera en ponerse los zapatos.

—Cuando esté a punto de salir de la sala, que le corten la cabeza —ordenó la reina, de una manera un poco distraída, por lo que la orden no causó efecto, pues cuando el guardia llegó a la puerta, el Sombrerero ya había desaparecido.

—¡Que comparezca el siguiente testigo! —ordenó el rey.

Ahora el testigo era la cocinera de la duquesa, y ella traía en la mano una caja llena de pimienta, por lo que Alicia adivinó que era ella aun antes de verla, pues la gente comenzaba a estornudar cuando pasaba junto.

—¡Te ordeno que prestes declaración! —dijo el rey.

—¡No me da la gana! —dijo la cocinera.

El rey se volvió para mirar al Conejo Blanco, quien le susurró al oído: "Su majestad debe interrogar a la testigo con mucha severidad."

—Bueno, ¡así es el deber! —dijo el rey con un dejo de resignación; cruzó los brazos y frunció el ceño lo más que pudo, tanto que casi no se le veían los ojos; entonces le preguntó a la cocinera:

—¿De qué están hechos estos pasteles?

—Su ingrediente principal es la pimienta —respondió la cocinera con toda tranquilidad.

—Y también de melaza —dijo una voz somnolienta de entre el público.

—¡Ése es un lirón! ¡Guardias, prendedlo! —gritó la reina—, ¡Decapitad a ese lirón! ¡Hacedlo pedazos! ¡Pellizcadlo! ¡Cortadle uno a uno los bigotes!

Los guardias prendieron al Lirón, y mientras se lo llevaban reinó la confusión en la sala, cuando se restableció el orden y todos volvieron a sus puestos, la cocinera había desaparecido.

¡No importa, tal vez sea mejor así! —dijo el rey con un dejo de alivio en la voz— ¡Qué comparezca el siguiente testigo! —y añadió por lo bajo a la reina— Querida, yo creo que debes ser tú la que interrogue con toda severidad al siguiente testigo; la verdad es que a mí me duele la cabeza con estas cosas.

Alicia vio como el Conejo Blanco se afanaba por buscar un nombre en la lista que tenía; ella sentía mucha curiosidad por saber quién sería el próximo, pues sentía que en todo el juicio no se habían obtenido muchas pruebas; habría que considerar su sorpresa cuando el Conejo Blanco pronunció con chillona voz el nombre del siguiente testigo:

—¡Alicia!

XII

La declaración de Alicia

—¡Presente! —dijo Alicia sin pensarlo, como llevada por la emoción del momento, y se levantó abruptamente, con lo que causó una verdadera calamidad, pues había crecido tanto que con el borde de la falda volcó la mesa que hacía de estrado y a los propios jurados que se encontraban ante ella, por lo que muchos de ellos se precipitaron sobre la concurrencia.

Al verlos rodando por el suelo, Alicia no pudo menos que recordar la pecera de los pececillos dorados que ella había volcado accidentalmente la semana anterior.

—¡Lo siento mucho! —dijo, muy apenada, y se puso a ayudarlos a incorporarse con toda diligencia, pues el incidente de los peces dorados le rondaba por la cabeza y por ello tenía la sensación de que si no volvían a su lugar en el estrado, se ahogarían.

—¡Este juicio no puede continuar! —dijo el rey con toda gravedad, y mirando severamente a Alicia—, mientras los señores miembros del jurado no retomen sus puestos en el estrado.

Alicia se afanó en ayudar a los jurados, pero cuando todo parecía en orden, se dio cuenta de que, con las prisas, había colocado a Bill, la lagartija, cabeza abajo sobre su escaño, y que éste se agitaba desesperadamente, incapaz de acomodarse por sí mismo; así que de inmediato lo tomó y le dio la vuelta; "aunque eso no es demasiado importante —pensaba—, pues para este juicio, da lo mismo que se encuentre al derecho o al revés."

Cuando los jurados se recuperaron del susto, retomaron sus tizas y sus pizarras y se pusieron a redactar a toda prisa la reseña del accidente; solamente la lagartija Bill no escribía nada, pues parecía todavía trastornada y no hacía otra cosa que mirar al techo con la boca semiabierta.

—Y bien —dijo el rey—, ¿qué sabes tú de este asunto?

—Nada —respondió escuetamente Alicia.

—¿*Absolutamente* nada? —dijo el rey.

—¡Absolutamente nada! —reiteró Alicia, enfáticamente.

—Esto debe ser consignado —ordenó el rey, dirigiéndose a los jurados; pero apenas habían comenzado a escribir en sus pizarras cuando el Conejo Blanco interrumpió su trabajo en forma respetuosa, pero frunciendo el ceño y haciendo continuos gestos al rey mientras hablaba:

—Si duda Su Majestad habrá querido decir que esto *no* es importante.

—Bueno, naturalmente —dijo el rey—, yo quise decir que esto no es importante —dijo en voz baja, pero inmediatamente comenzó a susurrar como para sí: "importante, no importante, importante, no importante...", como si estuviese evaluando cuál expresión sonaba mejor.

Dada esta confusión, una parte del jurado escribió *importante*, y la otra *no importante*; Alicia pudo observar eso pues se encontraba cerca del estrado y en una posición de altura; "de cualquier manera, la cosa carece de importancia", dijo para sí.

El rey también había estado escribiendo en su cuaderno de notas, hasta que de pronto gritó: "¡Silencio!", y se puso a leer lo que había escrito:

—Artículo cuarenta y dos: *Toda persona que mida más de un kilómetro y medio deberá abandonar la sala.*

Todos se volvieron para mirar a Alicia.

—Yo no mido un kilómetro y medio —dijo Alicia con toda tranquilidad.

—Yo creo que por lo menos mide eso —afirmó el rey.

—¡Seguramente más de dos kilómetros! —añadió la reina.

—Bueno, da lo mismo, pues de todas maneras no me iré —dijo Alicia—; además de que ese artículo no tiene validez legal, pues se acaba de inventar.

—Es el artículo más antiguo del código —dijo el rey.

—¡No puede ser! —replicó Alicia—, si lo fuera sería el número uno.

El rey se descompuso un poco y cerró su cuaderno:

—¿Cuál es vuestro veredicto? —dijo a los jurados, con voz baja y temblorosa.

—Con la venia de Vuestra Majestad, pero todavía hay más pruebas —dijo el Conejo Blanco, saltando de su asiento—, pues sucede que acabamos de interceptar una carta.

—¿Y qué contiene esa carta? —preguntó la reina.

—No lo sé, Su Majestad —dijo el Conejo Blanco—, pues todavía no la he abierto; pero parece que ha sido escrita por el prisionero y dirigida a..., a alguien.

—Así debe ser —dijo el rey—, pues no es muy común que una carta sea dirigida *a nadie.*

—¿A quién va dirigida entonces? —preguntó uno de los jurados.

—Pues la verdad es que no se sabe —dijo el Conejo Blanco—, pues por fuera no contiene dirección alguna; pero cuando desdoblamos el papel, nos damos cuenta de que en realidad no se trata de una misiva, sino de un conjunto de versos.

—¿Acaso esos versos han sido escritos a mano por el prisionero? —preguntó otro de los jurados.

—No —dijo el Conejo Blanco—, y eso es el mayor enigma de todo este asunto.

Un rumor de extrañamiento se difundió por todo el jurado.

—Tal vez el autor de la carta imitó ia letra de otro —dijo el rey, con lo que el jurado se tranquilizó un poco.

Entonces la Sota pidió la palabra:

—Con la venia de su majestad —dijo la Sota—, yo declaro delante de este jurado que no escribí esa carta, y nadie podría probar lo contrario, pues no hay ninguna firma al final.

—Si no firmaste la carta —dijo el rey— tu culpa es aún más grave; alguien que no firma una carta sin duda tiene una mala intención.

Las palabras del rey provocaron un gran aplauso en la sala, pues era la primera y única cosa inteligente que había dicho durante el juicio.

—Está claro que el hecho de no firmar la carta es prueba de su culpabilidad —intervino la reina—. ¡Que le corten la ca...

—¡Un momento! —dijo Alicia—; eso no prueba nada; además ni siquiera se ha leído el escrito, por lo que no se sabe qué dicen los versos.

—¡Que sean leídos! —ordenó el rey.

Entonces el Conejo Blanco calándose sus anteojos se dirigió al rey.

—Con la venia de Su Majestad —dijo el Conejo—, ¿por dónde empiezo?

—Lo prudente es comenzar por el principio —dijo el rey con mucha gravedad—, y sigue de largo hasta llegar al final, entonces dejas de leer.

Entonces se hizo un gran silencio en la sala, y el Conejo Blanco leyó los siguientes versos:

Me dijeron que habías estado con ella,
y que a él le hablaste muy bien de mí,
y que ella dio también una opinión muy buena,
aunque también dijo que yo no sabía nadar.

Él les confesó que yo no había ido,
lo que desde luego es verdad,

de haber ella seguido en el asunto
¿qué habría sido de ti?

Yo le di uno a ella, y a él le dieron dos;
nos diste tres y muchos más,
y los que antes habían sido míos
volvieron todos a tu propiedad.

Si por extraño azar, en dicho asunto
nos viéramos envueltos ella y yo,
él piensa que tú vas a librar
lo que concierne a los dos.

He aquí mi opinión: fuiste tú mismo,
antes que a ella se le permitiera entrar,
el mayor e imprevisto obstáculo
entre nosotros, ellos, y todo lo demás.

Que nunca sepa él que ella lo amaba,
pues esto siempre es, o debe ser,
un gran secreto, y un pacto que se sella
entre tú y yo, un pacto entre dos. Guárdalo bien.

—Esta es sin duda la declaración más importante que hemos escuchado hasta el momento —dijo el rey, frotándose las manos—; así que ahora los señores jurados...

—Si es que alguno de ellos es capaz de explicar esos versos —dijo Alicia, quien había crecido tanto que ya no tenía miedo de interrumpir al rey—; al que pueda señalar qué significa, y le daré seis peniques de premio. Por mi parte, yo no creo que exista nada razonable en todo el poema.

—Los jurados anotaron en sus pizarras: "Ella no cree que exista nada razonable en el poema"; pero ninguno de ellos intentó siquiera un esbozo de explicación.

—Si el poema no tiene sentido, mejor —dijo el rey—, pues así nos ahorraremos la molestia de las indagaciones. Sin embargo —siguió diciendo, mientras tomaba el documento y lo inspeccionaba con un ojo cerrado—, al observar detenidamente este documento, me parece descubrir en él cierto sentido; por ejemplo, en el verso que dice "...y también dijo que yo no sabía nadar", hay algo muy interesante, porque *tú no sabes nadar*, ¿no es cierto? —le preguntó directamente a la Sota.

La Sota, sorprendida, asintió resignadamente con la cabeza, y después de un breve silencio, dijo:

—¿Es que acaso tengo el aspecto de saber nadar? (Aquello era bastante obvio, pues la Sota estaba hecha de cartulina).

—Pues hasta aquí todo concuerda —dijo el rey, y continuó murmurando las palabras de los versos... *sabemos que... fue así...*; yo creo que en estas palabras se alude a los jurados. *De haber... persistido... ella...* ¡pues claro, aquí se refiere a la reina!... *Dio uno a ella, a él le dieron dos...* ¿A qué otra cosa podría referirse sino a los pasteles?; ¡la lógica es impecable!

Entonces intervino Alicia:

—Hay que considerar que el poema dice: *los que antes habían sido míos, volvieron todos a tu propiedad.*

—Pues sí, en efecto, ahí están —dijo el rey en un tono triunfalista y señalando los pasteles sobre la mesa—; nada podría ser más claro que esto; después dice: *...antes de que a ella se le permitiera entrar*; esto es "tener acceso"; que yo sepa, querida, tu nunca has tenido accesos de ira, ¿verdad? —dijo el rey, dirigiéndose a la reina.

—¡Jamás! —dijo la reina, arrojando furiosamente el tintero hacia la lagartija (el pobre Bill había dejado de escribir en la pizarra al comprobar que con el dedo no quedaba marca permanente; pero ahora que le chorreaba tinta por la cara, pudo escribir de manera adecuada, por lo menos hasta que le acabó de chorrear).

—Así que el hecho de *entrar* o *tener acceso*, nada tiene que ver con la reina, y su uso en el poema es completamente accesorio —dijo el rey, mirando con arrogante sonrisa hacia el público. Entonces se produjo un silencio mortal.

—¡Todo esto no es más que un simple juego de palabras! —dijo el rey en un tono festivo, y todo mundo se puso a reír junto con él —Así que ya no queda más que hacer sino que el jurado considere su veredicto —volvió a decir.

—¡No, no! —dijo la reina— primero la sentencia, el veredicto vendrá después.

—¡Que absurdo! —dijo Alicia en voz muy alta— ¿cómo es posible que se dicte una sentencia antes de emitir un veredicto?

—¡Tú, niña, cierra la boca! —dijo la reina, con el rostro encendido de ira.

—¡Pues no lo haré! —gritó Alicia.

—¡Que le corten la cabeza! —chilló a pleno pulmón la reina, pero nadie se movió.

—¿Pero quién habría de hacerle caso? —dijo Alicia, que ya había recuperado su estatura normal— ¡si se trata solamente de piezas de baraja!

Al decir esto Alicia, todas las cartas volaron por los aires y cayeron sobre Alicia, quien lanzó un grito que tanto expresaba miedo como indignación. Al tratar de rechazar el acoso de las cartas por medio de manotazos, sintió un breve desvanecimiento y se encontró nuevamente recostada a la orilla del río, con la cabeza en el regazo de su hermana, quien en ese momento separaba con delicadeza algunas hojas secas que habían caído sobre el rostro de Alicia.

—¡Despierta, mi querida Alicia —dijo su hermana— ¡te has quedado profundamente dormida!

—¡Ah, si supieras el sueño que tuve! —dijo Alicia, y de inmediato se puso a contarle todo lo que podía recordar de estas extrañas aventuras que acabamos de leer. Cuando Alicia terminó su relato, la hermana le dio un beso y dijo:

—¡Pues vaya que fue un sueño extraño!, querida, pero ya es tiempo de que nos vayamos, pues es la hora del té.

Entonces Alicia se levantó y echó a correr, y mientras corría no pensaba en otra cosa, sino en lo maravilloso que había sido aquél sueño.

Pero la hermana de Alicia se quedó en la misma posición en la que la había dejado: con la cabeza apoyada en una mano contemplaba la puesta de sol, y pensaba en su pequeña Alicia y en todas aquellas maravillas que le había contado; pero al poco tiempo ella también estaba soñando a su manera, y éste fue su sueño:

Primero soñó que de nuevo las pequeñitas manos de Alicia se apoyaban en sus rodillas y la miraba hacia arriba con los ojos brillantes y ansiosos. Ella escuchaba perfectamente el tono de su voz y podía ver aquellos extraños movimientos de su cabeza, que producían el deseado efecto de apartar los cabellos que constantemente le cubrían la cara por efecto de la brisa. Y escuchando, o imaginando, aquellas cosas antes vividas, todo el espacio a su derredor pareció animarse con las fantásticas criaturas que habían poblado el sueño de su hermanita.

La hierba parecía murmurar bajo sus pies, y en Conejo Blanco andaba por ahí, siempre apresurado... de pronto un ratón temeroso chapoteaba en un charco... y más allá podía escucharse el titileo de las tazas del té, con las que la liebre de marzo y sus compañeros celebraban su interminable tertulia, mientras la voz chillona y prepotente de la reina ordenaba la ejecución de todos los que se encontraban cerca de ella... Por otro lado, el bebé cerdito estornudaba sobre el regazo de la duquesa, mientras que a su alrededor volaban ollas y platos, estrellándose por todos lados. También pudo sentir los graznidos del grifo y el rechinar de la tiza sobre la pizarra de una lagartija llamada Bill, y los resoplidos de los conejillos de indias al ser sofocados; y estos ahogos se mezclaban con los lejanos sollozos de la Falsa Tortuga, perdida en sus tristes recuerdos.

Con los ojos cerrados y sentada sobre la hierba, la muchacha se creía en el País de las Maravillas; aunque ella bien sabía que con sólo abrir los ojos, las cosas volverían a ser parte de la insulsa realidad, y la hierba murmuraría por el simple efecto del viento, y si el estanque se agitaba, era solamente por el ondular de los juncos; el tintinear de las tazas del té no era otra cosa que el sonido dulce de los cencerros de las ovejas, y los llamados del joven pastor parecieran los chillidos de la reina. Los estornudos del niño: el graznido del grifo y todos aquellos ruidos tan raros no serían otra cosa que el bullicio del corral de la granja, y seguramente el mugido del ganado se parecía mucho a los melancólicos sollozos de la Falsa Tortuga.

Al final, ella imaginó a su tierna hermanita en el futuro, convertida en mujer; seguramente conservaría, aun siendo adulta, el corazón fresco y afectivo de la niñez, y tal vez congregaría a los niños a su alrededor, y a ellos les brillarían los ojos al escuchar de sus labios muchas historias extrañas y fascinantes; tal vez incluso este mismo sueño que los transportaría al País de las Maravillas, y entonces compartiría las tribulaciones y los juegos sencillos de los chicos, y con ello podría recordar su propia infancia y aquellos días felices del verano.

OTROS TÍTULOS DE ESTA COLECCIÓN

Alicia a través del Espejo/La caza del Snark. *L. Carroll*

Alicia en el País de las Maravillas. *Lewis Carroll*

De la Tierra a la Luna. *Julio Verne*

El Juego de la Lógica. *Lewis Carroll*

El Principito. *Antoine de Saint-Exupéry*

La Vuelta al Mundo en 80 Días. *Julio Verne*

Viaje al Centro de la Tierra. *Julio Verne*

Impreso en Offset Libra

Francisco I. Madero 31

San Miguel Iztacalco,

México, D.F.